Stefano
Manzolli

todas as mentiras que contei

—◆ **Galera** ◆—

RIO DE JANEIRO

2025

Copyright © 2025 by Stefano Manzolli

Revisão: Renato Carvalho, Rodrigo Rosa

Projeto gráfico de miolo e capa: Casa Rex

Todos os direitos reservados.
Proibida a reprodução, no todo ou em parte, através de quaisquer meios.
Os direitos morais do autor foram assegurados.

Texto revisado segundo o Acordo Ortográfico da Língua Portuguesa de 1990.

CIP-BRASIL. CATALOGAÇÃO NA PUBLICAÇÃO
SINDICATO NACIONAL DOS EDITORES DE LIVROS, RJ

M253t

    Manzolli, Stefano
        Todas as mentiras que contei / Stefano Manzolli. - 1. ed. - Rio de Janeiro : Galera Record, 2025.

        ISBN 978-65-5981-628-6

        1. Ficção brasileira. I. Título.

25-97407.0   CDD: B869.3
               CDU: 82-3(81)

Gabriela Faray Ferreira Lopes - Bibliotecária - CRB-7/6643

Direitos exclusivos de publicação em língua
portuguesa somente para o Brasil adquiridos pela
EDITORA GALERA RECORD LTDA.
Rua Argentina, 171 / Rio de Janeiro, RJ
20921-380 / Tel.: (21) 2585-2000.
que se reserva a propriedade literária desta obra.

Seja um leitor preferencial Record.
Cadastre-se no site *www.record.com.br* e receba informações
sobre nossos lançamentos e nossas promoções.

Atendimento e venda direta ao leitor:
sac@record.com.br

Impresso no Brasil

ISBN 978-65-5981-628-6

a todos os nomes do mundo
que insolenemente aceitam
o fardo de carregar-nos.

11 da lenda

13 do nome

15 capítulo um

21 capítulo dois

39 capítulo três

53 capítulo quatro

81 capítulo cinco

95 capítulo seis

109 capítulo sete

123 capítulo oito

133 capítulo nove

147 capítulo dez

153	capítulo onze
159	capítulo doze
175	capítulo treze
183	capítulo catorze
193	capítulo quinze
201	capítulo dezesseis
207	capítulo dezessete
213	capítulo dezoito
225	capítulo dezenove
233	capítulo vinte
245	do que resta

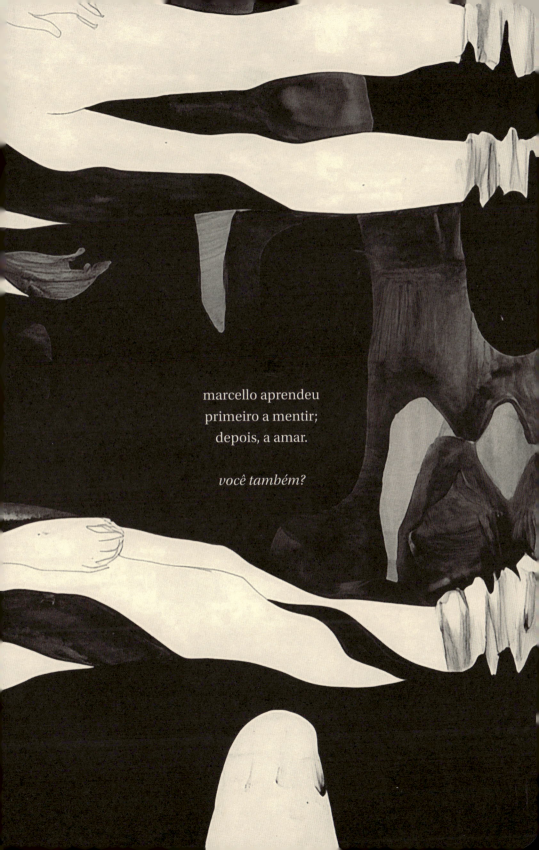

marcello aprendeu
primeiro a mentir;
depois, a amar.

você também?

da lenda

(lendas nascem
do impossível convívio
com o silêncio
do sobrenatural.

lendas cavucam
na realidade
o reconvexo da incerteza.

lendas moram
[e apenas existem]
na voz do povo

e se imaginam
– a si mesmas –
enquanto caminham
no tempo.)

do nome

marcello.

assim mesmo:
ême / á / érre / cê / ê / dois éles / ó.

dois *éles* rijos,
soando juntos
como uma única
sílaba

nesta fração de história
em que há dois eles.

curioso?

capítulo um

a primeira vez em que se falaram,
as águas cristalinas de pipa pareciam
pegar fogo.

ele também parecia.

marcello e o mar
pareciam incendiar um milhão
de tardes que não puderam
ser de amor.

essa é uma das poucas coisas
sobre as quais tem certeza *agora*.

e o resto?

o resto parece sempre
uma sucessão enigmática
de fragmentos.

(hipóteses,
flores
e azulejos.)

de frente para a exata porção
de areia em que tudo isso começou,

sente que não lhe resta
melhor alternativa do que sorrir
discretamente

e murmurar
uma canção de chico,
como quem conversa
com o vento.

tudo nele revira como enjoo
de quem ficou em alto-mar
por milhares de dias.

                                        (onda vem.)

e chega discreta
aos seus pés.

a água morna lambe
a alma trépida de frio:

a temperatura
parece um beijo.

mas

diferente dos lábios
de dionísio,

esta já não saboreia
seu corpo
cheia de culpa.

enquanto seus pés
se agarram à terra
tentando frear
os últimos minutos
deste absurdo,

seus olhos quase
não reparam o mundo.

imersos na tela
do celular,
à frente do sol
nascendo solene,
gigante e mudo,

observa reverente
a única foto fragmentada
que tiraram juntos.

(nota aos leitores
que também amaram
em segredo:

lembra quando você
também tirava
fotos fragmentadas

[recortes de mãos
e couro
e assoalhos]

com medo de que alguém
– possivelmente –
percebesse serem dois eles
na esquina de uma rua deserta?

lembra quando você
também queria eternizar
um sentimento avassalador
um tanto quanto
à revelia?

lembra que você também
guardou o registro escondido,
tanto quanto você?

sim, essa é a foto que marcello
admira agora em seu celular,

enquanto o sol amanhece
uma nova possibilidade,
o mar lambe seus pés,
e as lágrimas se oferecem
em um convite quase irresistível.)

sem jeito,
marcello sorri
e canta.

(quase em pânico.)

enquanto sente o início
de uma devastação intransponível
e hereditária.

a culpa da língua
no corpo salgado
parece um milhão de gaivotas
deglutindo seus órgãos
expostos.

                                        (onda vem.)

então,
o que sobrará de nós?

pensa vagarosamente,
retendo lágrimas.

o que sobrará de mim?

                                        (onda vai.)

ainda se lembra de tudo.

a começar
por aquele fim de tarde.

capítulo dois

desculpa,
qual seu nome?

marcello.
dois éles.
origem italiana.
mas não sou como
os outros turistas,
respondeu.

(patético.)

e você,
qual o seu nome?

dionísio,
com um êne,
origem grega.
e acho que sou
meio parecido
com todo mundo
que veio parar aqui.

mexia em cachos de cabelo,
como quem procura estrelas.

mas me conta,
então:

o que você tem
de diferente de
todos os outros,
marcello
com dois éles?

charmoso,
risonho.

(tenho medo.
e culpa.
e ânsia de vômito,
pensou,
não disse.)

perderia a graça,
se eu te contasse
assim despretensioso,
antes de acabar a noite,
você não acha?

(patético.)

fingia ter a coragem
que não existia em nenhum
canto do seu corpo.

sustentava uma graça
forçada.

enquanto os dois fingiam
que aquele diálogo
não camuflava o desejo
da colisão de seus corpos.

(não somente seu coração
pulsava forte.)

então...
o que é que você
pode me dizer além
do seu nome italiano,
marcello com dois éles
e olhos oblíquos?

dionísio
não era dissimulado.

direto
e raramente discreto,
perguntava mais
do que respondia.

digamos que
marcello é um vento,
respondeu por fim.

                              (pausa longa.
                       sucedida por uma
                            gargalhada.)

o outro achava graça
de suas respostas
desnecessariamente
vagas e charmosas.

por que você precisa ser
assim tão misterioso
o tempo todo?

mordiscou um sussurro
ao pé de seu ouvido,
que harmonizava muito bem
com aquela fogueira,
com aquela gente cantando,
com aquela imensa bola de fogo
mergulhando no mar.

                       (porque eu não existo.
                                   pensou,
                              não disse.)

e como esse vento
veio parar aqui em pipa?

aliviado,
lembrava como responder essa.

embora tivesse ensaiado muito
cada uma de suas palavras,
não esperava que a correnteza
desenfreada de sangue
que passeava por seu corpo
o faria esquecer de quase tudo.

manter suas mãos sem tremer
a cada descuidado toque
que trocavam era por si só
um esforço desmedido.

onda vem.

designer.

em busca de inspiração.
abandonei a faculdade.
nômade digital.

(marcello sentia
cada resposta
se amontoar
como pesados
blocos de argila
modelando um
golem.

uma entidade
feita de palavras
e fôlego
em sua própria
imagem
e dessemelhança.)

você também
é designer?

a felicidade do outro
em encontrar um par.

par em todos
os sentidos.

(que merda.
ele também
é designer.
e agora?
pensou,
não disse.)

sim, designer...
de capas de livros.

(marcello nunca
desenhou
uma capa de livro.

escreveu vários,
mas também não
terminou nenhum.)

(marcello agora,
em pé sobre o imaginário escombro
deste primeiro encontro,

percebe que tudo começou
com essas cinco palavras,
e já era tarde demais
para deixar de ser:

designer. de. capas. de. livros.

desta resposta em diante,
cada pergunta sulcou
cavernas ainda mais profundas
na superfície de sua escultura.

golem.)

o rapaz por trás das mentiras
sentia com um tanto de fé
– mais do que loucura –
que tudo faria sentido
em algum momento.

ele só precisava pensar
cada vez mais rápido,
soterrando seu próprio corpo.

e por quanto tempo
esse vento vai ficar
parado aqui em pipa?

vai dar quase um mês.

(apenas cinco dias
entre chegar e partir.)

mas um mês não dá
pra nada,
você vai embora antes
do verão.

é no verão
que pipa fica linda,
acho que tem
tudo a ver com você.

(marcello tentava escapar
seus olhos de dentro
dos olhos do outro,
mas era quase impossível
desmergulhar de
seu azul.)

quem me dera
ficar mais,
preciso voltar
para são paulo.

e você é de
são paulo-são paulo?
tenho vários amigos
que moram por lá.

quer dizer,
não sou de são paulo-são paulo.

nasci no interior.
mudei faz pouco tempo.
acho que não conheço
seus amigos.

e como é que você
tem certeza?
o mundo é pequeno.

pequeno,
mas são paulo-são paulo
é grande.

(marcello não morava na capital.
morar na cidade grande
era apenas a resposta óbvia
para apagar sua origem.

                    mas a língua fazendo graça
                    na boca brincando com
                    consoantes vibrantes
                    não era simples de
                    disfarçar por muito tempo.

                    e era exatamente
                    o paradoxo da palavra
                    que o mantinha vivo:

                    era no discurso
                    que se camuflava
                    e ainda por ele
                    que se descobria.)

dionísio achava mais graça
no seu sotaque do que
em seus malabarismos retóricos

e pedia que repetisse
diversas vezes:

interi**or**.
interi**or**.
interi**or**.

a noite já ia, escura;
tanto a música
quanto a lua, minguantes.

e dionísio tinha
esse magnetismo
de trazer cada vez mais
conhecidos ao seu redor.

todos queriam saber
de onde vinha o paulista
de sotaque forte
e fala apressada.

(a mentira desencaracolou
dos cachos de dionísio
e foi servida sobre a mesa
em banquete
a todos os convidados.)

mas olha,
ela tem o sotaque
pior do que o seu.

pior foi a palavra
que usaram.

existia, então,
um juízo de valor.

uma moral dos sotaques.
e não somente.

(se existem piores sotaques,
então poderia haver alguém
pior do que eu.
pensou,
não disse.)

em toda aquela noite,
que já durava horas,
foi aqui que ele perdeu
a sensibilidade da culpa:

na possibilidade
de existirem pessoas
piores
do que ele.

até porque:
existe gente que pratica o mal,
existe gente que nem sequer
acredita no amor.

marcello
– por outro lado –
cria.

se marcello
pode não ser
o pior sotaque,

então também pode
não ser o pior
ser humano da terra.

possivelmente,
só estava brincando
de deus.

dando vida
a si mesmo.

marcello é somente
a soma de todas as mentiras
que precisou contar
para poder existir.

e como isso é triste.

mentiras amontoadas
como tecidos e órgãos
bombeando
um sangue quase
nunca limpo.

cheio de ressentimentos.

(se você nunca precisou mentir
para poder amar,
é provável que você nunca
entenda o porquê marcello,
ao lembrar de tudo,
sentindo o refluxo de
uma confusão amarga,
subitamente chora.

ao lembrar que faltam
poucas horas
para subir num avião,
muito antes
de se passar um mês,
como ele havia prometido
para dionísio,
subitamente chora.

enquanto tenta
controlar a respiração,
marcello perde o controle
de seus pensamentos.

descontroladamente,
pensa.

e um milhão de si mesmos
gritam dentro de sua cabeça:

o chão parece cada vez menor.
o céu parece cada vez mais alto.
o mar parece cada vez mais longo.

nessa última manhã
enquanto lembra de repetir
interior
múltiplas vezes,
percebendo que não era
nem o pior sotaque
e nem a pior pessoa
do mundo.

tudo nele ganha velocidade
enquanto tenta controlar a respiração
entre pequenas lágrimas
imparáveis.

quase tudo nele,
agora, grita.

ainda que em silêncio.

suas crises de pânico
sempre começam
assim.

as suas também?)

você se
chama marcello
mes-mo?

como assim:
mes-mo?

sei lá, nada.

sim,
mar. ce. llo.

(poderia ter dito a
verdade.

                                    não somente esta vez.
                                     ao longo da noite,
                            poderia ter dito a verdade
                                          tantas vezes,
                                      mas não precisava.
                                            não mais.

                               até porque ele não era
                                 o pior ser humano
                                      do mundo.)

e seu nome?
é dionísio
mes-mo?

                                          (com mais medo
                                           do que graça.)

e pra que eu inventaria
uma coisa tão boba quanto essa?

em algum momento,
o desconforto da mentira
mudou o formato de
suas pupilas.

mas estava escuro,
só dionísio não viu.

capítulo três

dionísio
apenas,
sem querer,
incoerentemente

pensava que poderia
estar diante do grande
amor de sua vida

ao longo daqueles
pouco menos
de cinco dias
juntos.

                                        (patético?)

ele só queria

                                        (precisava?)

ter certeza.

porque já tinha
quebrado a cara tantas vezes

                                (quebraria de novo.)

que era tão intimidador
sentir seu corpo perder
o ritmo das pulsações.

dionísio nunca mais,
depois dele,
acreditou no amor.

(e marcello poderia
ter mudado isso,
mas não era capaz
nem sequer
de amar a si mesmo.

pode alguém em ruínas
edificar um palácio
desta magnitude,
tal qual o desejo
entre dois corpos
continentais?

provavelmente,
não.

marcello
demoraria ainda
muitos anos
até aprender
a construir
qualquer coisa.)

dionísio,
depois desses dias,
aprenderia a viver
em reconstrução.

entretanto,
sabia fazer mosaicos.

nos muros caiados
de sua pequena casa
em miríades de tons de azul,
expunha com certa gentileza
sua coleção de flores
feitas de fragmentos.

posso te mostrar
meu ateliê,
se você não tiver
outros planos
para essa noite.

não moro
muito longe.
onde você está
hospedado?

marcello apontou
uma rua qualquer
na direção oposta
ao seu hostel
quase à beira-mar.

aceitou o convite,
mesmo sem entender direito
quantas nuances existiam
naquelas palavras.

por todo o caminho,
que também não era
assim tão longo,
o artista explicava
um tanto quanto cheio
de nostalgia
como fazer mosaicos
era sua vocação
desde adolescente.

(foi então que entendeu
que ele era um homem bom,
mas já era tarde demais.

marcello
não era um homem
tão ruim tampouco.)

dionísio tinha apenas
catorze anos
quando trabalhou,
pela primeira vez,
em uma floricultura.

era tudo tão fascinante
naquele jogo de dar vida.

                              (ele também brincava
                                       de deus:

                                  transpondo
                            pequenos arbustos
                                    de vasos.

                             cortando galhos.
                             regando raízes.

                        e voltando no outro dia
                          para ver quais brotos
                            tomaram forma.)

era mágico sentir o cheiro
e a textura da terra molhada
entre seus dedos,
que nem sabiam direito
do que se tratava moldar
a vida.

embora não tenha durado
muito tempo cultivando,

nunca desaprendeu o fascínio
por tudo aquilo:

arranjos de flores
em mesas dos anos setenta,
pequenas hortas em parapeitos,

jardins verticais,
patas-de-elefante,
palmeiras.

já cultivou de tudo,
também no peito.

quase sempre,
também precisou
podar.

                                        (e como doía.)

um dia,
voltando de mais uma tarde
arrumando arranjos em vasos altos,
cruzou seu caminho
com uma porta amarela
que ele sempre soube que esteve ali,
mas nunca olhou, de fato.

a porta amarela iluminava
o rosto de uma senhora sentada
num banquinho baixo
com uma placa de madeira no colo,
colando cacos de espelho
e outros retalhos pra fazer
um pássaro,
que ainda quase não tinha
forma.

o reflexo da luz,
da porta,
da senhora
refletido no desenho
parecia magnético.

dionísio,
que nunca tinha reparado
na porta amarela
na última rua
antes da sua esquina,

de repente
já não sabia mais
voltar pra casa
sem esperar afoito
pra ver os espelhinhos
refletindo o mundo.

todos os dias.

foi ela
quem reparou
na curiosidade
do menino

que perguntava pouco,
mas olhava muito.

numa tarde,
sabendo que ele voltaria,
colocou um banquinho
a mais na calçada.

dionísio
chegou ávido,
queria ver os últimos
detalhes daquele colibri
de reflexos vibrantes.

sentado ao lado
de sua mentora,
sentia as texturas
das cores.

(mosaicos são vistos
com as mãos também,
ela dizia.)

o que você
está enxergando
que te deixa
assim tão
emocionado?

(mesmo após anos,
contando a mesma história
para marcello naquela noite
de primeiro encontro,

dionísio não sabia
decifrar seus próprios
sentimentos.)

posso fazer uma flor
pra você?

foi o que ela perguntou
para o quieto garoto
que observava fascinado
todas as texturas
com a ponta dos dedos.

durante as próximas tardes,
eles fariam juntos
a primeira flor de sua coleção,
que depois seria transposta
para o muro caiado.

e ainda mais depois,
ganharia outras companhias.

por fim,
tomou gosto por fazer
flores de azulejo.

dionísio também
parecia ter ensaiado
que sua história durasse
exatamente o tempo
entre a praia e sua casa.

as mãos sobrepostas
passeavam pelo jardim
de azulejos,

enquanto
germinava neles
um jardim botânico
inteiro.

(inclusive com
todos os espinhos.)

não dá pra prender
colibris.

(mãos paradas
sobre azulejos,
olhos dentro
uns dos outros,
corpos próximos
de um possível
encontro.

e a frase
de marcello
não parecia
caber entre
os dois.)

como é?

o mosaico
da sua história,
sabe?

não dá pra prender
colibris,
eles morreriam.

mas dentro de espelhos
eles são eternos.

vai ver foi isso
que você sentiu
com seus dedos
passeando sobre
o impossível.

                              (então, era isso.
                    dionísio brincou de deus
                    até inventar a eternidade.)

e você?
o que você sentiu
essa noite?

com as flores?

(se ele tivesse respondido,
teria dito que também sentiu
que eram mais bonitas
por manterem em fragmentos
histórias impossíveis
de serem guardadas
de qualquer outra forma.

se ele tivesse respondido,
teria dito que flores eternas
parecem um impropério,
dado que flores
são também bonitas
pela expectativa
de nascerem.

se ele tivesse respondido,
mas não deu tempo
antes de ser surpreendido
com todos os seus pensamentos
indo embora
no exato momento
em que dionísio
o beijou.)

naquela primeira noite juntos,
dionísio estendeu
uma cama improvisada
ao ar livre
perto das flores
sob a lua,

mas só ele dormiu.

marcello nem sequer
conseguia
fechar os olhos

revisitando
com certo êxtase
as primeiras horas
do seu novo golem.

(amanhã,
preciso saber de cor
meu novo número
de celular.

onde foi que eu coloquei
a merda do pacote do chip?
pensou,
não disse.)

capítulo quatro

nada ali
poderia ser
improvisado.

(ele descobriria depois
que muita coisa
não sairia como esperado.)

o improviso pressupõe
o lapso

e ele não podia
se permitir
nenhum deslize.

ensaiado,
caminhava por entre

carrinhos cheios de mala
e sorrisos apreensivos
no desembarque
do aeroporto de natal,

enquanto a mente frenética
repetia violentamente:

essa era a única maneira
de poder ser.

foram décadas
sendo ensinado
a não sentir daquele jeito,

anos reprimindo
o desejo incontrolável

(sempre imerso
em tamanha tristeza
e algo parecido
com um apetite)

e meses planejando
a vida que já poderia
ter vivido há tanto tempo.

(essa era a única maneira
de poder ser.)

a música alta
nos fones de ouvido,
e o corpo afoito
procurando
a porta de saída
do desembarque.

faltavam poucos minutos
para o próximo ônibus
rumo a duas horas de viagem
até pipa.

essa era a sua primeira vez
naquele aeroporto,
inclusive em qualquer aeroporto.

aos vinte e poucos anos,
era de se esperar que ainda
faltasse muito mundo
por descobrir.

chegando ao seu destino,
estaria a mais de

dois mil
oitocentos
e oitenta
e oito
quilômetros
de casa

e esse seria o seu recorde
por muito tempo.

poderia ter escolhido
qualquer outro destino
até mais longe,

mas pipa
era diferente.

tudo que via
a respeito de pipa
parecia solene:

os golfinhos,
as falésias,
as casas caiadas.

parecia sempre
extremamente linda
e na mesma proporção
silenciosa.

estava em todas as listas
de melhores destinos
e ainda assim não conhecia
nem sequer alguém
que tivesse estado por lá.

pipa era um segredo
pronto para ser descoberto,
mas que ninguém estava
tão disposto assim
a revelar.

(vai ver por isso
tinha nome de voo.)

depois de descobrir
a existência deste lugar,
ele já não conseguia
deixar de pensar que
se sentia quase sempre
um pouco como pipa.

e esse sentimento
foi crescendo dentro dele
lentamente como
um pertencimento.

até se perceber um dia,
uma quarta-feira às três da tarde,
se lamentando:

a vida.
seria.
tão diferente.
em pipa.

ele inaugurou
primeiro
essa dúvida
como um devaneio.

(e tomou gosto
pelo jogo retórico
até nos momentos
mais ordinários
do seu dia.

em pipa,
contam-se
estrelas
e não horas.

em pipa,
não precisam
de carro
pra comprar
remédio.

em pipa,
voltam pra casa
mais tarde
sem todo
esse medo.

pensou,
não disse.)

e de tanto achar graça
em poder fugir de si mesmo
por poucos segundos,

um dia concluiu,
como se não fosse
óbvio desde o início:

pipa é
o lugar perfeito
pra viver
de amor.

primeiro,
ele riu
e afastou
a ideia.

                                    (porque amor
                                  era uma palavra
                                        indigesta,
                                  quase proibida
                                        em seus
                                  pensamentos.)

mas no dia seguinte,
ele já não pensou
se o céu,
se o trânsito
se as ruas
eram melhores
em pipa.

de novo,
estava ali
sussurrando
no seu ouvido:

                                        (pipa é
                              o lugar perfeito
                                     pra viver
                                     de amor.

                                       pensou,
                                   não disse)

de frente
para

barbas por fazer
recortando linhas
de maxilares,

dentes serrilhados
escapando em gargalhadas
que abocanham o mundo,

pequenas sardas
em metades de caminho
em trapézios,
antebraços,
calcanhares

sobrepostas

atravessando ruas frenéticas
que nunca pareceram
tão sedentas.

(pipa é
o lugar perfeito
pra viver
de amor.

pensou,
não disse.

não diria.

ainda não estava
pronto para dizer.

quando estaria?

e é preciso estar?

como as coisas
da alma demoram
pra amadurecer,
meu deus.)

e se passaram meses
regurgitando esse
pensamento intrusivo,
que foi ganhando
conforto na sua alma,
até nem poder ser
chamado de estranho.

até uma manhã.

ainda faltavam
por volta de cinco meses
até subir naquele ônibus
no aeroporto de natal,
depois de correr perdido
por portas giratórias,
controles
e cancelas.

naquela manhã,
antes de ter noção de tudo
que poderia fazer
à procura do amor,

olhou-se sério no espelho
e perguntou:

então
você estaria
pronto?

em pipa?

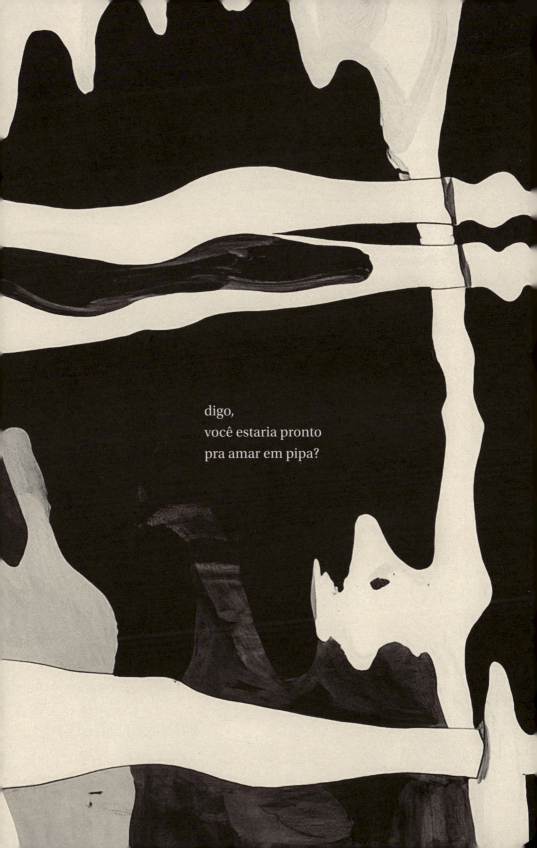

digo,
você estaria pronto
pra amar em pipa?

pronto pra ser ninho
em barbas por fazer
recortando linhas
de maxilares,

pronto pra sentir
a textura de dentes serrilhados
escapando em gargalhadas,
abocanhando seu mundo,

pronto para colher
pequenas sardas
em metades de caminho
em trapézios,
antebraços,
calcanhares

como quem compõe
uma via láctea?

você estaria
pronto?

(sentou-se no lugar
indicado na sua confirmação
de reserva.

o ônibus já estava
quase completo,
inclusive a poltrona
ao seu lado.

licença,
desculpa.

tudo bem.

que bom que você
conseguiu chegar, hein?
o próximo só sai
pra mais de duas horas.

eles sorriram cordiais
quase mecânicos,

mas ela era triste.)

cuspiu a pasta de dente,
escapulindo quase ileso
do encontro consigo,
mas o reverbe da pergunta
estava em quase tudo.

(eu sou cecília.

paralisia.
essa era a primeira vez
que diria seu novo nome
em voz alta.

prazer,
eu...

é;

meu nome.
meu nome é
marcello.

ele não era marcello,
não ainda.

não como cecília
era cecília.

não como cecília
tinha vivido tantas
nuances de amor
debaixo da copa
frondosa desse nome.

não como cecília
tinha perdido um filho.
e tinha ganhado
outros.

não como cecília
tinha amado o homem
errado
e o homem certo
que amou a mulher
errada.

não como cecília
também fugia pra pipa
quando precisava lembrar
a pressão dos ossos
da sua face quando
ela também é um dia de sol
em todas as suas dimensões.

ele fugia pra pipa.
ele e cecília.

mas marcello,
não.

não,
ele ainda não era
marcello.

marcello era terra virgem
em todos os múltiplos
duplos sentidos possíveis
que existem em um solo pronto
pra ser irrigado e germinar.

cecília sabia que tinha uma dor
nos olhos dele,

porque ela era boa
de reconhecer
a dor,

porque reconhecia
também dentro de si,

mesmo na sua forma
mais calada.

cecília
foi a primeira pessoa
pra quem ele mentiu
pra que marcello
pudesse ser.)

e na semana seguinte
ainda se perguntava:

você está pronto
para amar?

e decidiu
que não.

não estava.

e foi daí que nasceu
a possibilidade
de não precisar estar.

em pipa,
ele não precisava
ser si mesmo.

ou então.

em pipa.
ele poderia ser
si mesmo.

pipa permitiria.

curioso com o exercício
retórico,
retrucou pra si mesmo
olhando seus olhos
no retrovisor:

e qual é a única maneira
de poder ser?

o trânsito parado
era um convite irresistível
a construir hipóteses.

(você conhece
pipa?

existiu um silêncio
de quase meia hora
em que cecília
corria olhos curiosos
sobre palavras esparsas
de uma revista
acadêmica.

marcello via
as cores do mundo
pela primeira vez
através da janela.

gradualmente,
menos concreto
e mais biomas.

marcello levava à boca
dedos cada vez mais roídos
quase todos a ponto de sangrar.

não conheço,
minha primeira vez.

que legal.
e por que pipa?

demorou
pra responder.)

mas faz sentido
se eu tiver um outro
nome.

um outro nome.

e eu já não seria
eu mesmo.

como se eu fosse
uma fôrma.

falava em voz alta,
esperando que o trânsito
demorasse mesmo
uma eternidade por toda
a rodovia zeferino vaz.

lembrava-se das aulas
de cultura e mitologia
quando discutiram
o conceito de golem.

que parecia fazer
tanto se todo agora.

e o nome.
o nome era permissivo.

(é que pipa
tem nome de vento.

você não acha que
pipa parece sempre
estar escapando?

me fascina um lugar
que todo mundo conhece
e quase ninguém foi.

de onde eu venho,
alguém sempre diz:
me disseram que pipa
é linda.

como se fosse
suficiente saber
que é linda.

eu quis pagar
pra ver.

e você:
por que pipa?)

primeira opção:
pietro.

pietro era bom.
apelido pipo.

soava fácil
dentro da boca
e quiçá
ao pé do ouvido.

mas pietro
não voa.

e ele precisava
de imensidão.

segunda opção:
théo.

théo não era bom.
estrala na boca
como tiro de espingarda.

théo era também
o nome de deus.

ele gostava de théo,
mas parecia uma
ironia fácil demais.

abstrato demais.
precisava de materialidade.

terceira opção:
marcelo.

marcelo era genioso.
a junção graciosa
das palavras mar e céu.

imenso.
material.

e banal.
marcelo era banal
demais.

existiam muitos,
e seria tão arriscado
não acabar sendo
um deles.

quarta opção:
marcello.

dois éles.
dois eles.

origem italiana.
misterioso.

marcello era possível.
e isso bastava.

                              (pipa é linda
                          e bem mais calma
                          do que a capital.

                         e não tem nada
                        que ajude mais
                     a aquietar a mente
                    do que desacelerar
                      os pés e as mãos.

                                venho.
                         passo uns dias.
                        visito uma prima
                        que mora aqui.

brinco um pouco
com sua filha,
volto pra casa
até sentir falta
de novo.

são só duas horinhas,
dá pra vir sempre.

você já sabe
o que fazer
em pipa?)

os dias subsequentes
foram coroados
com certa pesquisa
e muito êxtase.

escolher datas.
aprovar as férias com
a supervisora da livraria.
comprar passagens.
reservar hotel.

melhor,
reservar hostel.

aumentar a chance
de encontrar
o amor en passant.

pensar em
erros de continuidade,
nuances narrativas
da personagem,
laços frágeis da
história.

resolver.
dar vida.

decorar nomes,
respostas
e micronarrativas.

muitas, muitas, muitas
abas abertas pra responder:
"o que fazer em pipa?"

(vi que amanhã à noite
tem um sarau na praia.
vou começar por aí,
depois eu vejo.

assim é bom.
pipa sempre me
surpreende).

marcello repassava
minuto a minuto
dos últimos dois dias

tentando lembrar
onde é que tinha guardado
o pacote do chip
com seu novo número.

até chegar à conclusão
que sim:

provavelmente
tinha deixado cair no chão,
enquanto conversava
com cecília sobre tudo
que se pode fazer em pipa,
inclusive viver de amor.

(amanhã,
eu vejo
o que faço.
pensou,
não disse.

logo antes de
cair no sono
um tanto quanto
exausto.)

capítulo cinco

dionísio acordou cedo,
pouco mais de duas horas
depois de marcello
conseguir pegar no sono.

dali a pouco,
precisaria abrir a loja.

(a loja tinha sido
sua ideia,
entre sair da floricultura,
terminar o ensino médio
e encontrar uma resposta
para a fatídica pergunta:

o que você quer ser
quando crescer?

por muito tempo,
ele teve apenas
uma resposta:

quero ser igualzinho
a minha mãe.)

dionísio e a mãe
revezaram as semanas
e as funções no negócio
desde o início:

quem abria,
quem limpava,
quem fechava,
quem distribuía
folhetos em hotéis.

nunca precisaram ter
a pretensão de que a loja fosse maior
do que eles dois,

porque nem sequer cogitavam
a hipótese de que em algum tempo
um deles já não estaria ali,
como era o caso agora.

desde que sua mãe precisou voltar
à capital para cuidar
de seu pai nos últimos meses
de uma demência profunda,

dionísio abria,
limpava,
fechava,
distribuía
folhetos em hotéis.

depois de quase um ano
tendo que cuidar de
uma loja pequena
sozinho,

era tentador demais não pensar
que talvez marcello também gostaria
de passar algumas das muitas tardes
deste imaginário mês com ele,
atrás do balcão,
descobrindo aos poucos que
talvez tudo aquilo poderia
dar certo.

                    (criar filho pequeno sozinha
                    não era vocação que ela tinha
                    sonhado em descobrir.

                    ser mãe, sim.

                    mãe ela sempre quis ser,
                    principalmente porque
                    o desconfortável desafeto
                    com a sua tinha maculado
                    uma angústia nela.

                    e ela repetia aos berros
                    muitas vezes batendo
                    duras portas atrás
                    de seus passos firmes:

quando. eu. for. mãe.

tinha tamanha certeza
de que seria melhor,
quando fosse sua vez.

como se todas as mulheres
de sua família estivessem
em uma extensa fila geracional
tentando ser umas melhores
do que as anteriores.

como se tentar ser boa
fosse uma herança
inegociável.

ela cresceu ouvindo:
a sua avó que era ruim,
a minha, então!
eu sou um doce,
um dia você vai ver,
ah, se você vai ver!

na sua vez,
decidida a ser melhor
do que todas elas,
parecia que o destino
tinha planos diferentes.)

mas antes de vender
pequenos artesanatos
de artistas locais

e uma coleção de pequenezas
que enchiam os olhos
dos turistas,

dionísio e sua mãe se mudaram
para pipa com pouco mais do que
uma coragem.

ela tinha arrepios
que não a deixavam dormir
ao pensar em ter de enfrentar
também uma cidade grande
no processo incomensurável
de se tornar cada vez menos
necessária para uma outra vida.

por que é isso que dizem
sobre as boas mães:

elas criam filhos pro mundo.
e quem sobra nelas
quando eles partem?

ela não estava preparada
para criar um filho sozinha,

então
decidiu criar com uma vila inteira.
decidiu criar com o mar.
decidiu criar com deus.

mudar-se para pipa
era a tentativa desesperada
de respirar.

(ela nem chegou direito
a experimentar
os sabores agridoces
da maternidade.

quando também
reaprendia a nascer
todos os dias uma mulher
diferente da que existiu
por tanto tempo na sua alma,

quando também
sentia desconforto de luzes
lutando pra permanecer viva
a despeito do surto
que é nascer,

ela se viu viúva
numa madrugada longa,
abraçada ao corpo
tão calejado de sua mãe,
emaranhada num colo
que poderia ser infinito,
velando aos prantos
o marido morto.

dionísio também chorava,
mas de fome.

e a anciã,
que tinha aprendido
a ser chamada de ruim
e mesmo assim pegar no sono,
ninhava dois corpos que
desesperadamente
precisavam que ela fosse boa.

e ela continuaria
sendo firme.

não arredaria pé
do ofício de ser mãe.

os homens,
entretanto, olhavam
em discrepante silêncio
a órbita de mulheres
que se ninhavam.

até por que
homens
não prestam
pra consolar
mães.)

perto da praia,
num lugar em que ainda
se sentia segura
de deixar uma criança
tão pequena
aprender:

primeiro a falar mamá,
e depois comer areia
e parar de comer;
        depois ficar de pé
        e andar descalço
        e modelar areia
        e aprender a falar
        seu nome,
        mostrar sua idade;
                depois aprender a falar
                o nome de muita gente,
                correr de chinelo,
                de sapatos,
                ir para a escola,
                colar areia em
                formato de letras,
                ler essas letras,
                escrever sonhos;
                        depois ir pra escola sozinho,
                        correr atrasado,
                        não entender matemática,
                        se apaixonar pelas aulas
                        de artes;

depois tomar coragem
de voltar sozinho
passar na casa das clientes,
pegar sacolas pesadas de
roupas,
decorar todos os nomes,
saber todas as ruas,
e em outros dias
voltar com as roupas
lavadas, cortadas,
costuradas
sem trocar pacotes.

(enquanto a mãe
agradecia nunca
faltar trabalho
e o menino crescia
livre.

tudo isso parecia
fazer dela uma mãe melhor
do que todas as outras
que vieram antes dela.

mas que solidão
tremenda.)

oi!
você já vai sair?
que horas são?
dormi muito...

não, não.
está cedo ainda,
eu é que tenho que
abrir a loja, lembra?

verdade...
me dá cinco minutos?
vou com você.

não se preocupa,
eu não queria te acordar,
você tem sono leve.

os dois sentados
na cama improvisada
fingindo uma intimidade
que ainda não tinham.

o beijo até desencaixava.

fica tranquilo...
não precisa levantar, não.
eu vou indo que hoje é dia
de receber peças novas
e já-já tem gente batendo lá.

é a casa da esquina,
não é?

isso, é só dobrar a esquerda
aqui no final da rua.
é a porta amarela

que eu te mostrei,
não tem erro;
mas tá aqui o cartão.

te vejo lá daqui a pouco,
então?

> (seu coração batia acelerado
> com a hipótese de que ele
> queria ficar um pouco mais
> também.

> quando chega,
> a paixão tem um tamanho
> absurdo.)

claro,
achei que você não ia
me convidar pra conhecer
seus colibris.

> (assim como os pássaros,
> os dois corações batiam
> mais do que sessenta vezes
> por segundo.)

você tinha dúvidas?
ó, passei café,
não sei se você gosta.
deixei toalha limpa
dobrada no banheiro.

fica à vontade.
depois, é só bater o portão
atrás de você.

obrigado,
não precisava se preocupar.
esse número no cartão
é o seu celular, né?
deixa eu te dar um toque,
você já salva meu número.

                              (ufa, tudo sob controle.
                                          pensou,
                                       não disse.)

pronto, salvo.
marcello
com dois éles.

a gente já se vê,
dionísio
com um n.

                              (pequenas risadas
                              coradas e sobrepostas:
                           nem parecia que sofreriam
                           de uma solidão tremenda
                               em pouco mais de
                                    três dias.)

capítulo seis

sob a luz do dia,
a casa de dionísio
parecia *realmente*
uma miragem.

realmente –
porque de noite,
saboreando suas nuances
com a ponta dos dedos
em sombras espessas
já era bastante onírica.

(não tenho medo de
experimentar,
tudo aqui é tão orgânico.
gosto da surpresa
e da falta de palavras
ao tentar encaixar
essa hipérbole no que
se espera de uma casa.

desenquadrar
é tão libertador,
você não acha?

era assim que explicava
seus devaneios criativos
na noite anterior.)

realmente –
as telhas pintadas em todos
alucinógenos de rosa, púrpura e verde
pareciam escamas de imenso
leviatã.

realmente –
as lajotas de vidro em turquesa
e tons submarinos de azul
refletiam na superfície irregular
das paredes caiadas um
oceano particular.

realmente –
os mosaicos próximos
uns dos outros em proporções
livremente desproporcionais
pareciam a única maneira
possível de dar vida aos
sonhos de uma noite de verão
shakespearianos.

(acho tão chique
que as pessoas tiram fotos,
como se fosse um
dos pontos turísticos.

aqui.
onde eu choro.
onde eu rio.

aqui.
onde eu me sinto
seguro.

e minha mãe
se sentiu segura.

deixar esse grão de história
no caminho dos outros.

acho que ninguém espera
encontrar *isso* em pipa.

vai ver é assim que nascem
os cartões-postais,

brincava
com certa esperança.)

marcello bebericava
um café de torra clara
em uma das muitas xícaras
que dionísio modelou
pra desestressar,

enquanto passeava pela casa
apreciando todos os detalhes.

caixas e caixas de azulejos,
fragmentos translúcidos,
recortes de porcelana.

armários sem portas
secando esculturas
à espera do forno.

sopradores de vidro
encostados em cantos.

pigmentos em barras,
em pastas,
em pó.

muitas cores.

ele ainda estava aprendendo
a manipular vidro,
ainda só sabia soprar
pequenos corações.

(será que meu coração
também é assim
tão frágil?

                                  ao final de tudo,
                             se eu estiver aos cacos:
                               será que eu poderia
                                  virar mosaico?

                                        pensou,
                                    não disse.)

          [oi]
          [quer que leve café pra você?]

[olha só quem acordou!]
[gostou do café?]
[o grão é de uns amigos]

          [hahaha]
          [nem dormi tanto]
          [sim sim, gostei]

[que bom, tem outros aí.
você escolhe o próximo]

                                  (será que ele fica
                                pra tomar mais um
                                   café comigo?)

[se você estiver vindo,
eu aceito um café]

[tô saindo,
alguma xícara preferida?]

[puts, não sei.
acho que não...
gosto de todas.
qual você escolheu?]

[a que você pintou
o seu rosto, sabe?
com umas flores]

[não sou eu, não hahaha
é um desenho
do meu pai]

[eita, vocês são mesmo
bem parecidos]

[pois é.
pode ser essa mesmo]

(a xícara favorita de sua mãe
era também a última fotografia
daquele que não tinha vocação nenhuma
para ser saudade.

daquele cuja ausência
era um sentimento de torra amarga
e indigesta até hoje.

                                    daquele que se sentava
                                    à mesa bem cedinho
                                    e nunca tinha nada a dizer,
                                    só um aroma gostoso
                                    de dia novo.

                                    será que todos os mortos
                                    quando moram somente
                                    dentro dos nossos olhos
                                    em manhãs de alento
                                    cheiram a café?)

          [até já
          bjs]

[bjs]

não são nem cinco minutos
de caminhada que separam
a casa da loja,

mas naquela manhã
o tempo parecia
estar preocupado
com os ponteiros do
relógio.

sem passar,
aqueles infinitos
segundos

que guardavam
a distância entre
os seus corpos

também permitiam
que cada um antecipasse
como seria o reencontro.

dionísio
repreendia um riso frouxo
e mentia um despretensiosismo
tamborilando sobre pacotes
e encomendas em plástico-bolha.

marcello
cogitava que talvez
era assim que se sentiam
as pessoas que amam.

se essas eram as ditas
borboletas no estômago.

ele se questionava
se é esse o sentimento
que morre quando
as pessoas dizem
que já não amam
umas às outras.

se é isso que
desaparece:

essa vontade de levar
garrafas de café
e xícaras
e soprar pequenos
corações de vidro
juntos.

ele tinha sede
de experimentar dionísio.

e mais precisamente:
de sentir essa confluência
de sabores

que só sente quem permite
que o outro se expanda
dentro das suas papilas
gustativas

e depois por todo
um corpo,

também físico.

marcello e dionísio
pareciam colibris,
quando se enxergaram
por entre os vitrôs
da loja.

os dois queriam
dar vida a uma estrela.

(e como é que nasce
uma estrela,
senão pela colisão
de dois corpos?)

você é ainda mais bonito
de se ver assim chegando
num dia de sol.

até parece...
tudo isso é vontade
de tomar café?

(como é que pode
a paixão deixar
um riso frouxo
na alma da gente.)

precisa de ajuda pra
organizar esses pacotes?

não, não.
chegou pouca coisa nova,
tá tranquilo.

você não vai pra praia, não?
o dia tá lindo.

                                        (ele até queria que o dia
                                             estivesse feio
                                   pra não parecer tão absurda
                                    a hipótese de querer ficar.)

tem certeza
de que não precisa
de ajuda?

eu tenho outros dias
pra conhecer pipa.

eu te devo uma.

tá tudo bem
— mesmo.

a essa altura do ano,
os dias são tão
possivelmente bonitos,
você precisa aproveitar.

a gente se acerta
mais tarde?

tá bem:
a gente se acerta
mais tarde.

jantar?
que horas você fecha
a loja?

depois das sete.
faz assim,
deixa eu checar
se tem um restaurante
aberto hoje
e eu te mando mensagem
mais tarde com o endereço
e o horário,
pode ser?

tá bom.
eu passo no hotel,
troco de roupa
e espero te reencontrar
depois das sete.

perfeito.

ah, aliás:
a sua casa realmente
deveria ser um cartão-postal
desta cidade.

o teu sorriso também.

capítulo sete

marcello não parou de pensar
nem por um instante
na textura das mãos de dionísio
passeando pelas jamais visitadas
estradas de sua pele
durante o trajeto até seu hostel.

existiam tantas novidades
dentro dele

que era até difícil saber
quantos destes sentimentos
tinham nome.

(culpa e medo eram óbvios,
mas repentinamente
tão minúsculos.)

algumas das sensações
que ocupavam as cavernas
de seu corpo:

uma pressão esquisita
atrás da cabeça
como se todo o seu corpo
estivesse confuso
com bombear tanto sangue.

involuntárias contrações
de músculos no rosto,
que colidiam no canto
dos olhos.

um caleidoscópio
de momentos percorrendo
o quintal de seus olhos.

uma canção de djavan
colada na língua querendo
sair aos berros pelas ruas
lindas de pipa.

uma faísca passeando
por todas as terminações
nervosas do seu corpo,
parecida com um pânico,
mas tão boa.

(dionísio também sentia,
mas não era sua primeira vez.
todas as reações de seu corpo
já pareciam ter encontrado
penicilina.

percorria seu dia
pensando em marcello
com muito mais cautela.

fazia projeções mais maduras
e sólidas sobre o que sentia.

estruturava planos
para conhecer marcello
mais profundamente
antes de decretar
que seu corpo inteiro
poderia perder o equilíbrio.

ele não podia imaginar
que marcello seria
sua labirintite.)

a rua das gameleiras
parecia o cenário perfeito
para presenciar um
emaranhado de rizomas
procurando solo fértil
nos dois.

(essa se tornaria
a rua mais importante
desta história,
mas naquele exagero
que é viver depois
de ter se encontrado
com o desejo,

marcello achava
a rua charmosa
– e apenas isso.

também lhe parecia gracioso
que as fendas dos paralelepípedos
guardassem muitas moedas

e que todas elas
sob um sol imensamente
convidativo
pareciam retribuir
o que estava sentindo.)

e dionísio aproveitava
que a loja não estava tão cheia

(pela primeira vez,
isso não o preocupava.)

para investigar os melhores
restaurantes da cidade.

tentava, inclusive,
adivinhar o que gostava
de comer
em segundas-feiras,
que é o dia menos
ordinário para dionísio.

(principalmente
quando sua mãe não estava,
ele deixava de trabalhar
apenas um dia por semana:
terças-feiras.

a loja abarrotada de turistas
aos finais de semana
simplesmente inviabilizava
que eles não estivessem
abertos.)

mas não era só isso.
já fazia algum tempo
que dionísio não planejava
segundos encontros,
que podem ser muito mais
amedrontadores.

(dionísio tinha
uma biblioteca de
primeiros encontros
que não puderam
ser nada–além–disso
por quase todos
os fatores possíveis.

marcello seria
o único tomo dessa
extensa coleção
cuja culpa estaria
numa *lenda*.)

é possível que a maior
tristeza dos segundos encontros
é que marca também
o ainda incipiente
anunciado final da paixão.

e ainda que também
sejam a primeira
e quase insignificante
primeira insígnia
da construção do amor,

é o possível desencanto
que mantém dionísio
incerto entre opções
quase iguais.

(parece que tudo conta
neste espetáculo
de evitar ser somente
inteiro

e estar ali
também num monólogo
contra o desespero
da nossa solidão.)

chegando no seu destino,
marcello questionava
o que viria depois.

e não só no acumular
das horas.

principalmente,
seu interesse era entender
o que aconteceria
com todos os estranhos
sintomas percorrendo
o seu corpo.

(era tão inusitado pensar
na paixão como uma
coleção de aprendizados,

e não um estado
da alma.

sem nenhuma experiência
em ser correspondido,
marcello não podia imaginar

que existia a des-exatidão
entre dois corpos
que se amam.

que nem sempre se
enquadram.

e enquanto dionísio
milimetricamente
pensava onde colocar
mãos,
velas
e pratos
com
buquês
de aromas,

marcello
milimetricamente
pensava onde colocar
referências,
verossimilhanças
e repetições
de enredo.

e não estavam os dois
somente desesperados
em construir sobre
suas imperfeições
um descabido
ser amável?)

[oii,
estava pensando,
e se eu cozinhasse
pra gente hj?]

    [pode ser!
    o que eu preciso
    levar?]

[não se preocupa,
tenho tudo em casa.
você gosta de camarão?]

    [pode ser.
    mesmo horário?]

[sem pressa.
a hora que você quiser
chegar,
eu preparo]

    [tá bem]

[aproveita a cidade.
tá gostando?]

    [muito.
    preciso descobrir
    como chegar nas praias
    mais longe,
    vou pesquisar depois]

[te dou umas dicas
mais tarde, então]

(esta pareceria a opção
mais razoável para os dois,

se dionísio ao menos
soubesse cozinhar.

e se marcello ao menos
comesse camarão.

mas parecia aceitável
fazer algumas concessões
para terem o máximo
de tempo juntos numa
intimidade levemente
descabida e forçada.)

pelo restante do dia,
os dois ensaiaram
e contaram minutos.

enquanto marcello
se emaranhava nas ruas
da vila mangueira,
soterrando a ansiedade
de não ter certeza
até onde gostaria de
ir com tudo isso,

dionísio aquarelava
na capa de um caderno
a orla de pipa que
morava na sua memória.

essa escada enorme
de degraus irregulares
e desafiadores.

a folhagem protegendo
o paraíso da desnecessária
visita de carros.

as falésias parecendo
cachoeiras de árvores

e tanta risada.

a risada eterna de sua mãe
que o ensinou a jamais
ser triste ao pé do mar.

e queria compartilhar
com marcello a potência
que é ser feliz de frente
para a imensidão das ondas.

(eles nunca descobririam
que essa seria a abissal
distância entre os dois:

dionísio riria pro mar.
marcello choraria.

e ainda mais sem saber,
o caderno que era pra
guardar desenhos,
seria preenchido
de poesias sobre a
solidão.)

[tô pronto,
posso sair?]

[pode,
tô só terminando
uma coisinha aqui
na loja,

mas já estou
saindo]

[tá bom,
te encontro aí]

quando se encontraram
ao pé da porta amarela,
ela quase não se parecia
com o sol perto deles.

capítulo oito

dionísio não sabia
ao certo
o que estava fazendo
tentando misturar
quase todos os potes
de tempero
sobre a bancada
da cozinha.

entretanto,
aconteciam inúmeras
alquimias naquela cozinha
e nem todas pareciam
fadadas ao fracasso
como a moqueca
borbulhando
em fogo baixo.

e o mais importante
era aquela companhia
tão des-proibida:

mãos em cinturas,
mãos em ombros,
mãos em taças,
mãos em louças,
mãos em mãos.

tenho um presente
pra você.

ah, é?
um presente?!

uhum,
fiz um caderno
pra você guardar
suas inspirações
e rascunhos.

                                        (ele não sabia nem
                                        combinar cores.)

ao se sentarem à mesa,
junto dos pratos
e de perfumes confusos,
estava o pacote translúcido.

dentro,
o caderno guardava
também um convite.

quando marcello abriu,
encontrou na primeira página
a letra retorcida de dionísio:

quer conhecer
a praia do amor
comigo?

(por um instante,
um milhão de dedos
pareciam fazer cócegas
nas terminações nervosas
de marcello.

essa parecia
uma evolução dos
sentimentos
daquela manhã.

a tensão entre
os dois corpos subia
sobre a mesa
e caminhava entre
as flores da toalha
a caminho de sufocar
um ao outro
com uma lufada
abafada de desejo.)

praia do amor?

é, minha praia favorita
aqui de pipa.

(assim como eles,
a praia era cheia de
pedras.)

e é fácil de chegar lá?

amanhã, a loja não abre,
e um dos meus amigos
disse que pode emprestar
o carro.

dá pra ir a pé também,
você que sabe.

e vale a visita?

o amor
ou a praia?

(marcello apoiou-se
sobre a mesa
até chegar seus lábios
nas palavras de dionísio.

o sabor agudo
de tomate,
leite de coco
e língua.)

os dois.
vale visitar
os dois?

a praia, com certeza.
o amor, depende da gente.

amo essa
na voz da bethânia.
aumenta o som!

(os dois tão perto,
a pergunta esperando
a coragem de marcello
de mergulhar
no peito de dionísio,
e *gita* tomando corpo
entre os dois.)

talvez você não entenda,
mas hoje vou lhe mostrar.

(marcello dava a volta
na mesa evitando responder,
se não era essa a linha
que não deveria cruzar.

se uma viagem juntos
não seria demais.

se eles não estavam
às vésperas de
construir saudades.

e existe essa diferença
irremediável entre
vivências e saudades.

eles tirariam fotos,
criariam pequenas piadas,
dividiriam um pequeno paraíso
que seria pra sempre deles.

e principalmente:
eles seriam uma metáfora
e já não seria simples responder
se eles eram um amontoado
de minutos juntos
ou pequenos lapsos
e segundas intenções.

ou o sincretismo
de tudo isso.

e ser metáfora
é um caminho
sem volta.)

eu sou as coisas da vida,
eu sou o medo de amar,
eu sou o medo do fraco.

(dançavam na sala
e a tensão esfregava
seus corpos rijos
e curvilíneos
num apertão que
não poderia ser
nada além
de venenoso.)

a força da imaginação
o blefe do jogador
eu sou, eu fui, eu vou.

(cantavam juntos
errando a sequência
dos versos,
corrigindo rápido,
tropeçando em palavras
mal colocadas
e pés que demoraram
a encontrar ritmo.)

imagina escutar bethânia
e não entender?

isso é um sim?

um sim?

para o meu convite
de conhecer
a praia do amor.

não.
mas isso
é um sim.

(sussurrava a canção
dentro da boca dele
entre lábios roçando
e carinho na nuca.

era tarde demais,
bethânia já era deles
e seria difícil ser
de mais alguém.

sabiam que estavam prontos
para ver nascer uma estrela,

mas ainda
esperariam mais um dia.)

quer dormir aqui hoje?

(dionísio trouxe as mãos
pra perto do coração,
onde mora o travesseiro
de quem não sabe mais
dormir sozinho.)

e tem como
não querer?

tem aí
as canções que
você fez pra mim
cantada por ela?

(nesta noite,
eles conversaram muito
e se embriagaram muito
de bethânia,
antes de dormir.

marcello dormiu
primeiro.

e dionísio cogitou pensar
que a vida presta

tadinho.)

capítulo nove

acordaram tarde
com as longas buzinadas
do lado de fora.

como combinado,
o melhor amigo de dionísio
passou para deixar o carro
pouco antes das dez.

e diferente do que imaginou,
ainda estavam enrolados
em lençóis
e uma preguiça enorme.

(não parecia tão ruim
estragar os planos
assim tão cedo.)

enquanto marcello
procurava alguma camiseta
para vestir nas gavetas
do quarto,

dionísio relembrava
que a praia do amor
é a mais bonita de pipa.

não só pelo mar
que parece um tapete
em tons de azul e verde,

nem sequer pela areia
que parece mais branca
do que amarela,

mas principalmente
porque na maré baixa
a orla parece um coração.

                    (que estranho pensar
                    que o amor só volta
              a se parecer com ele-mesmo
                 quando a maré está baixa.

                          antes disso,
              está severamente afogado.)

os dois pareciam coreografados
em uma cena de manhã feliz.

caminhavam por entre cômodos
falando cada vez mais forte
pra que o assunto continuasse vivo,

passos apressados procurando
cangas,
guarda-sóis,
pares de chinelo extras.

era nessa praia
que minha mãe me trazia
quando eu perguntava
sobre o meu pai.

quando criança,
eu não entendia
que nos adultos
a ausência não dói
menos.

pensava que íamos
à praia
pra me consolar,
mas não somente.

ela quem precisava
lembrar
que o amor era maior
que a vida.

(dionísio passava café
com todos os aromas
do mundo.)

e seus pais?
você não fala muito
sobre eles.

(marcello aproveitou
a chance para também
inventar os pais

que gostaria de ter,
até porque os seus
já não combinariam
com sua confiança.)

como assim?
se eles me levavam
pra ver a praia
quando eu estava triste?

não, não isso.
quer dizer, isso também.
mas queria saber
se vocês eram felizes.

nós somos bem unidos,
parecido com vocês dois,
a gente só não morou
perto do mar.

quando eu estava triste,
meus pais me levavam
pra tomar sorvete.

num lugar que a gente
podia escolher quantas
bolas quisesse
e depois colocava chocolate,
caldas, jujubas por cima.

e era legal?

sempre.
vai ver por isso,
eu ficava triste
tantas vezes:
era mais fome
do que solidão.

digo:
era legal
ter mãe e pai?

o dobro
de pessoas frustradas
por eu ser péssimo
em todos os esportes
e não saber tocar
nenhum instrumento.

e o dobro do amor?

não sei.
seria injusto demais
não pensar no amor
como uma unidade
absoluta,
não é?

será que dois
amam mais do que
um?
você acha que a gente
coloca a caixa térmica
no carro também?

pode ser,
paramos pra comprar
gelo.
mas sei lá,
deve ser esquisito
ter que lidar com
duas expectativas,
você não acha?
não esquece de pegar
o filtro solar
quando você sair
do banheiro, por favor.

esse aqui?

isso.

então,
mas o dobro de
esquecimentos
não doeria mais?
tudo pronto?

tudo pronto?
vamos?

vamos!

(carro abastecido.
portas fechadas.
vidros abaixados
para dissipar o calor.)

tá.
uma última pergunta
e eu prometo mudar
desse assunto chato:
e eles sabem de você?

sabem.

e sua mãe?
sabe, né?
imaginei que sim,
ela é tão... boa.

ela é, sim.
mas ela prefere
não falar sobre
o assunto,
não ainda.

aprendi que o amor
e o tempo da razão
nem sempre andam
juntos.
pronto?

(um pequeno beijo
deu partida no percurso
que era mais lindo
do que longo.

durante o caminho
já não falaram sobre
suas famílias.

marcello disfarçava
o incômodo de precisar
decorar cada vez mais
histórias inventadas.)

eu sou o primeiro
que você leva pra lá?
fala a verdade!

vou com meus amigos
pegar onda.
já levei gente pra lá,
mas assim, não.

assim como?

assim...
que mexe comigo.
sou difícil de deixar
que entrem
nos meus pequenos
paraísos.

mas por que eu?

acho que a praia do amor
é o de menos agora.
já abri minha vida
pra você,
é muito estranho pensar
que a gente se conhece
há tão pouco tempo.
você não sente o mesmo?

(marcello não queria
responder que sentia,
mas já não tinha
nada além disso
para dizer).

sinto.
sinto que você conhece
toda a minha vida
e isso dá um medo danado.

acho que essa
é a melhor parte de
ser emocionado.

(os dois riam de nervoso,
por razões diferentes.)

e você?
quantos visitaram
sua praia do amor?

acho que você
é o primeiro,
sabia?

ah, é?
e por que eu?

(porque foi
conveniente,
eu não tinha
muito tempo.
pensou,
não disse.)

porque é muito fácil
estar inteiro ao seu lado
sem me sentir estranho.

você sempre pode ser
sincero comigo.

eu sei.

a praia é aqui,
chegamos.

                                        (até que enfim!
                                             pensou,
                                         não disse.)

a manhã já ia
mais tarde do que
o previsto.

e lá do alto da falésia
já não era possível
ver o formato de coração.

estavam os três
afogados.

depois de descer
as escadas esculpidas
na pedra,

passaram muitas
outras horas
interrompendo
o silêncio do vento
com todo tipo
de assunto

e até algumas
tentativas frustradas
de se equilibrar
na prancha de surfe.

seus corpos molhados
brilhavam pequenos
raios de areia
estirados na canga
sob o sol.

dionísio pensava muito
quando é a hora certa
de dizer que gosta de alguém.

ou até se precisaria dizer.

se não era óbvio que
estava gostando muito
da sua companhia.

marcello olhava dionísio
dentro dos olhos
por trás dos óculos de sol
e também se perguntava
se precisaria dizer.

dizer que iria fugir.
ou se já não era meio
óbvio.

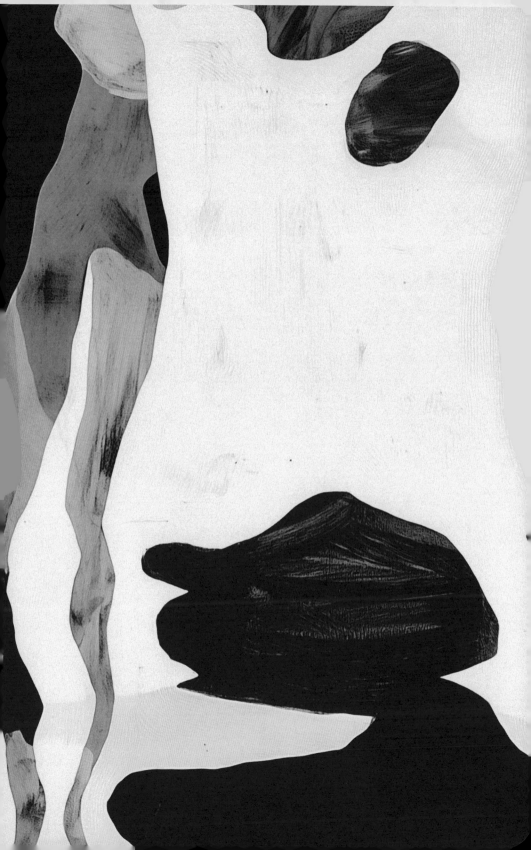

capítulo dez

voltaram da praia do amor
só depois do sol se esconder.

a rua estava mais cheia
de carros do que o normal,
e dionísio só conseguiu
estacionar um pouco
mais à frente de sua casa
do que gostaria.

sabe o que eu percebi?

o quê?

a gente não tirou
nenhuma foto juntos.

(esse era o maior
medo de marcello.
de certa forma,
tinha conseguido
se esquivar de fotos
durante três dias.)

eu não sou muito
de fotos,
você sabe.

mas por quê?

não sei.
não penso muito
nisso.
e quando vejo
já passou o momento
ou a vontade.
é muito clichê
se eu falar que fotografo
a vida com os olhos?

é péssimo.

                                        (riam os dois
                                     um pouco mais
                                      tristes do que
                                       esperariam.)

ou você não quer
tirar foto comigo?

como assim?

não sei,
você me diz.

não tem nada a ver,
quer ver?

marcello sacou
o celular do bolso,
fez que tirou
uma foto muito ruim
dos dois.

                              (dionísio sentiu,
                              pela primeira vez,
                                  o desconforto
                              na voz de marcello
                              e não quis insistir.)

viu,
agora temos uma foto
juntos.

não dá pra chamar
isso de foto,
mas tudo bem.
deixa pra lá,
a gente tira uma melhor
outro dia.
tenho amigos que são
ótimos fotógrafos.

os dois bateram as portas
do carro incomodados
e caminharam cansados
do dia em silêncio
até o portão da casa.

que horas você vai
entregar o carro amanhã?

a gente tinha combinado
de se ver às oito,
antes de abrir a loja.
por quê?

só pra saber se a gente
vai poder dormir
até mais tarde juntos.

você quer?

quero você
todinho.

naquela noite,
se amaram ao som de
não dá mais pra segurar.

dionísio nunca mais
conseguiria escutar
aquele vinil
sem sentir desolação,

mas naquela noite,
a voz de bethânia
parecia a única
melodia possível
para seus corpos
se descobrindo.

marcello tinha nos lábios
uma vontade absurda
de dizer eu te amo,
e essa já não era uma mentira.

capítulo onze

dionísio acordou cedo,
mesmo não querendo
se levantar.

envolvido no lençol branco,
marcello parecia dormir
sorrindo.

como de costume,
dionísio abriu as janelas,
fez café,
deixou um aroma
de pão torrado invadir
a casa inteira.

bom dia, bom dia...
fiz café pra você.

marcello abria os olhos
com certa resistência
pra não acordar do sonho.

(ele sabia que aquele
era o seu último dia
com dionísio.

depois daquela noite,
tudo nele parecia
completamente fora
do eixo.

e ele queria mais.
mais vezes.
mais dias.
mais amores
que nem dionísio.

ele queria
sucumbir
de fazer nascer
estrelas.)

o beijo de dionísio
parecia ainda melhor.

obrigado pelo café.

escolhi a mesma xícara,
agora ela é sua.

quer dizer que eu posso
tomar café aqui
sempre que eu quiser?

e você ainda
não achava isso?

só pra ter certeza.

quais seus planos
pra hoje?

ainda não sei.
pensei em passear
um pouco aqui
pelas lojas do centro,
mas posso ficar
com você.

não precisa,
o movimento esses dias
não está muito intenso.
você não quer trabalhar
nas suas capas de livro?

ainda não.
preciso de um pouco mais
de inspiração.
vou com você pra loja,
depois vou dar uma volta.

você quem sabe,
eu iria adorar.
cuidado pra não derramar
o café em você,
está quente.

                              (beijos e café,
                              os dois fortes.)

aliás,
eu estava aqui
pensando:
posso fazer uma flor
pra você?

                         (estranhamente,
                         marcello paralisou,
                         ligeiramente com pena.

                              disfarçou,
                         pensou que a pergunta
                         morreria sozinha,
                              mas não.
                              ele insistiu.)

então...
posso fazer uma flor
pra você?
ainda não me respondeu.

                              (claro que não,
                              pra que eternizar
                              essa mentira?
                              pensou,
                              não disse.)

tem flor que
começa com m?

hum...
magnólias,
são lindas.

então,
uma magnólia.

embora tenham passado
o dia inteiro juntos,
marcello não conseguiria
dormir lá.

capítulo doze

a noite ia muito alta,
quando desconfortável
bateu o portão azul-marinho.

ele já não conseguiria
encarar dionísio escolhendo cacos
para lhe presentear uma flor
por muito mais tempo
sem desabar.

tentando encontrar ruas,
seus pensamentos também
labirintavam dentro de si.

já eram mais de
cinco mil
e setessentos
minutos
reinventando
uma mentira estapafúrdia.

pior:
ele iria embora.
no dia seguinte.
sem avisar.

(sentindo o esgotar
das últimas horas,

caminhava pelas ruas vazias
expondo os fragmentos dos dias
que amaram juntos
sob a reverência de meia-luz
de postes esparsos,
de muitas estrelas
e de uma lua linda,

como quem carregava
um pau de fitas em dia de cortejo
ao som de uma pequena mandinga
de grandiosa fé.

construir saudade
é sagrado.

e marcello recitava
todo o evangelho de cor.)

mas antes de perder de vista
o ponto solar que era
a loja de dionísio no breu,
cogitou voltar correndo
e contar toda a verdade.

(já que fugiria
de qualquer jeito.

                                       já que não teria
                                   coragem de enfrentar
                                       tudo e a si mesmo
                                      que é preciso para
                                            estar ali.

                                            já que.

                                   seria de uma nobreza
                                        sem tamanho
                                    entregar a verdade
                                    que nem barbárie.

                                      mas não voltou.
                                        não voltaria.
                                      a quem estava
                                       enganando?)

e o mormaço da noite
acompanhava seus pensamentos
desconexos.

o aglutinado de palavras
era quase uma coragem.

                              (marcello vai se tornar flor.
                          sabe onde mais colocam flores?

                                       falava sozinho
                                        pela rua.)

tirava o celular do bolso,
tinha certeza que ia escrever
uma mensagem de despedida.

digitava apressado
inúmeras versões de
sua confissão

e apagava todas.

celular de volta no bolso.

(tem gente pior que você,
repetia, se convencendo.

virar flor é até poético.
é sim, virar flor é poético.
o único final possível
para tudo isso:
virar reverência.)

talvez –
não precisasse mesmo
desmentir nada.

pipa guardaria para sempre
o seu segredo.

e dionísio,
sem chance alguma
de descobrir seu paradeiro,
amaria uma hipótese.

e essa hipótese permitiria
uma felicidade
que a certeza dos fatos
já não comportaria.

(marcello brincava
outra vez de deus:

decidindo revelar
os segredos do mundo
em porções escassas
ditando o quanto
dionísio aguentaria
de seu pequeno espetáculo.

marcello nem sequer notou
que a sua mentira
era também o cataclismo
do qual fugia.)

argumentava
contra uma brisa morna
condescendente,
quando chegou ao seu hostel.

última chance
de transformar aquela noite
em uma canção de amor.

celular na mão
outra vez.

a recepcionista da madrugada,
que ainda não havia cruzado com ele,
estranhou seu rosto
e demorou a abrir a porta.
tempo suficiente para
uma última tentativa
de confissão:

>[dionísio.
>eu queria ter coragem
>de estender um banquete
>ao escândalo que é
>sentir meu corpo inteiro
>arrepiar com tuas palavras
>de veludo na minha nuca.

>mas com muito mais medo
>do que orgulho,
>gostaria de confessar
>que você amou
>todas as mentiras
>que contei.

e eu te amei também,
mas agora importa?

acho que é isso.
tchau?]

boa noite,
seu quarto e cama,
por favor?

boa noite,
quarto seis,
cama doze.

hum...
check-out amanhã?

sim, sim.

nem deu tempo
da gente se conhecer.

não deu,
dessa vez foi rapidinho.

você tem que voltar
mais vezes, então.

acho que sim,
quem sabe?

tela desligada.
coração aflito.
dedo ainda longe
de mandar.

(absorto pela angústia,
atravessou saguões,
corredores
e um punhado
de portas
quase sem perceber.)

subindo em seu beliche,
concluiu que dionísio
não precisava saber a verdade.

aliás, nem ele mesmo
precisaria da verdade.

(percebeu-se
gostando um pouco
– talvez muito –
de tudo aquilo.

de ter dois nomes.
de ter dois paradeiros.
como se viver permitisse

evitar o confronto
consigo mesmo
– que é possivelmente
o mais doído.

todo e qualquer esforço
para mudar o curso da história
parecia só tarde demais.

só restavam algumas horas
de *tudo aquilo.*

ele era só mais um turista
que iria embora.

aquilo era efêmero,
inclusive sua coragem.

entretanto,
somente as vielas
restariam cheias de
avassaladora paixão.)

darei vida a uma flor eterna,
sussurrou

enquanto procurava algo
a que assistir entre os filmes baixados
de seu laptop.

embora já fosse muito tarde,
o sono parecia também
estar perdido naquele turbilhão
de pensamentos.

a biblioteca

(de inseguranças
e de filmes)

era imensa

mas seus olhos,
ainda mais irônicos
do que cansados,
pousaram inconscientes
sobre um título
que faria
tanto sentido
agora:

closer.

aos poucos,
esforçando-se para
continuar entretido,

marcello sentia compaixão
de alice ayres.

também enxergava
um tanto mais de solidão
e pena em dan.

tudo era um pouco
sobre si naquele filme.

(aliás,
tudo sempre foi
um pouco
ou quase muito
sobre si:
como se já não
pudesse ser
sobre mais ninguém.

tão perto do absurdo
que era caminhar
por entre multidões,
ostentando uma vida
que não era sua,

não se permitiu reparar
– nem por um segundo –
que ele também
inventou dionísio.

neste instante,
percebe
e tenta também
não perceber que
a paixão primeiro
disfarça o outro
debaixo do que
a gente espera
que seja.)

marcello pouco dorme:

dentro de um corpo exausto,
a mente gira em completa confusão
em velocidade de gaivotas no céu
tentando adiar o irremediável
gotejar de escassas horas.

faltava pouco.

já a densa madrugada clarearia
em tons de amarelo e laranja
e pele de fruta madura
mordida a dois.

enquanto oscilava entre
correr de volta todo o caminho
ou continuar seu plano
de riscar o céu em fuga,

assistia ao filme
até o final dos créditos,
inclusive todas as miudezas de letras
subindo tela afora.

viajantes já começavam
a acordar aos poucos
em desmedida delicadeza
para não acordar ninguém.

marcello tinha certeza
de que no último instante,
ao entrar no avião,

trocaria de roupas
e deixaria para trás
as infinitas histórias
que poderia ter vivido.

(então é isso que resta
quando se vai embora
de fingir ser a si mesmo?

quando se torna lugar de percorrer
e já não de permanecer
cabe, por fim, indagar a vida
que nem lispector:

se eu fosse eu
onde guardaria esse pequeno
fragmento de azulejo
que é ter sido?

ao voltar:
esquece,
esconde
ou vive?)

o mais triste:
dionísio sem saber de nada
compraria flores de verdade
pra ver o amor chegar.

dionísio esperaria marcello
por dias.

custaria em desver seus olhos,
a despeito de todas
as mensagens ignoradas
e as absurdas ligações
em caixa postal.

dionísio passaria ainda
muitas tardes de fogueira
achando que tudo aquilo
era um luto.

(e marcello se perguntava
se sentiria saudade dele.

ou se sentiria saudade
de ter uma estrela
de um milhão de pontas
incendiando seu peito,
explodindo na boca,
pulsando em todas
as dimensões de suas
cavidades.)

naquela última noite,
entretanto,
enquanto viajantes
refaziam malas com cuidado,
marcello escutava uma voz
também desiludida cantar
pelo fone de ouvido:

i can't take my eyes of you.
i can't take my eyes.

vencido pelo cansaço,
seus olhos quase cochilavam
sem perceber nascer silenciosa
a notificação de mensagem
no celular:

[bom diia
chegou bem?
te vejo hj?]

capítulo treze

dali poucas horas,
quando o despertador
anunciou que já era tempo
de acordar,
marcello pensou
se deveria responder.

(essa mensagem jamais
veria resposta,
mas marcello precisava
ver uma última vez
o mar.)

acomodou desordenadamente
poucas roupas numa
desproporcional mochila,

entregou as chaves
para a mesma recepcionista
que não o havia reconhecido
na noite anterior,

que fingiu um desapontamento
com sua partida

(assim como faria com
todos os outros hóspedes).

marcello, entretanto,
não entendeu o cinismo.

chegou a pensar
que ela se importava,

mas não só isso.

cogitou que ela não o esqueceria
e que muito possivelmente
estava interessada em sua história.

marcello realmente achou
que ela tinha contado
quantas noites ele não passou
naquele hostel.

e que tinha uma intuição
de que talvez escondesse algo.

que possivelmente
era culpado.

ele achou que *sua história*
era importante para a recepcionista.
que, na verdade, apenas sorria
contando minutos para ir pra casa.

inclusive,

controlando sua impaciência
ao ver a fila cada vez maior,
enquanto marcello terminava
de justificar as noites
que não passou ali.

tudo certo com o seu check-out.
algo mais?

não, acho que não.
na próxima vez,
tomara que eu aproveite mais.

pois é...
até a próxima, então.

é, acho que sim.
até.

(que curioso:
enquanto isso,
dionísio digitava
e apagava mensagens
do outro lado da cidade,
preocupado,

querendo parecer
tranquilo.)

marcello caminhou
angustiado
na direção da praia
na expectativa
de que o encontro
com o mar
pudesse curar algo.

(dionísio decidiu
que não mandaria
outra mensagem.

esperaria.
e enquanto esperava
uma espera eterna
e cheia de perguntas,
marcello se perguntava
o que sobraria,
se ele não respondesse
àquela mensagem.)

de pé,
sobre a porção exata de areia
onde eles se conheceram

(tentando fechar um ciclo)

sentia a temperatura
meio molhada se desfazendo
por baixo de seus pés
num sulco cada vez maior.

                                      (que era apenas o peso
                                       de si mesmo contra
                                      a brutalidade da vida.)

a impaciência das ondas
de não esperarem
a sua dor antes de voltarem
do oceano contra
seu corpo.

o que sobraria?

para quem dionísio
faria flores
e mosaicos
e risadas
de maré alta
meio cheias
de segredos?

pensou em digitar:

        [eu não vou voltar,

        eu não posso voltar.
        mas no hotel,
        sabem meu nome.
        será que você
        vem atrás de mim?

será que você
me salvaria de
mim mesmo?]

(a paixão é essa discrepância
com pitada de uma sensação escrota
de partir cedo demais
ou tarde o suficiente?

será tão difícil
acertar em cheio
o momento
e a intensidade?
pensou,
não disse.)

mas uma coisa é certa:
marcello acaba
daqui algumas horas,
quando entrar no avião
e cortar as nuvens
gotejando copiosamente
a dor de regressar.

marcello.
dois éles.
dois eles.
designers.
e tantos outros.

(mas tem sempre
alguém pior do que eu,
relembra a patética
conclusão.)

capítulo catorze

onda
magnitude quatro:
até os tornozelos.

pensamentos
magnitude sete:
até os olhos.

a maré subia cada vez mais,
anunciando que precisava correr
para não perder o avião.

(essa cidade guardará,
então,
o meu golem,
pensa,
não diz.

nessas ruas morará
a minha criatura mística
feita de desejos e palavras.

ela morará aqui
junto com dionísio
e regará flores de azulejos
com lágrimas de chuva.)

crianças chegaram
para brincar na praia,
era hora de ir embora.

o trajeto seria longo
até chegar em casa.

e ele inundado de medo,
mais do que coragem.

(virá alguém buscá-lo
no aeroporto.

uma pessoa conhecida,
um carro conhecido.
um abraço conhecido.

e o chamarão por um nome
conhecido e denso.

vão sorrir em resposta
e dizer que fez falta.

ele dirá:
também.
vocês também
fizeram falta.

enquanto duas saudades
riscarão facas
no asfalto da boca amarga
de uma cidade
onde o mar não chegou.)

quando trocar
o chip do celular
ainda entre nuvens
sem ter feito o esforço
de decorar o número
de dionísio,
terá decretado o fim.

e ao atravessar
as portas do desembarque,
com os fones de ouvido metidos
no último volume,
terá alguém cantando
na sua chegada:

i can't take my eyes of you.
i can't take my eyes of you.

voltará para seus dias
que nublam quase escondidos
entre prédios e ipês.

mas antes de tudo isso,
enquanto ainda poderia
ter mudado o final,

marcello cantarolava
uma cantiga de sereia.

enquanto lavava seu corpo
no ligeiro fio de água corrente
que saía do chuveiro
à beira da areia,
quase na calçada.

                              (e parecia até
                  que se preparava num ritual,
                    antes de se tornar lenda.

                        como se fosse preciso
                    e se existisse alguém ali
                    que se importasse tanto
                            quanto ele.)

não se afobe, não,
que nada é pra já.

e as crianças gritavam
ao seu redor
tão mais felizes
do que ele tentando acertar
dois gols improvisados
com pares de chinelo.

cada chute
sujava ainda mais
os jogadores.

                                    (bola no rosto de um,
                                areia por todos os lados.

                                        no olho, não!
                                        é sacanagem!

                                        jogo pausado.)

ei, tio, já acabou?

não se afobe, não,
cantava suavemente
numa melancolia,

e as crianças impacientes
pensando que um pouco
de água fria
seria suficiente susto
para estancar o choro
e apitar o segundo tempo
da partida.

hein, tio?
pode dar a mangueira?

amores serão
sempre amáveis.

apertou o fluxo de água
na direção deles,
que se divertiam,
enquanto marcello
cantava e lavava
o rosto do menino
com a marca da bola
estampada na bochecha.

joga mais água
bem aqui, tio.
tá vermelho.

                                                (e riam
                               jogando uns aos outros
                                   na direção da água,
                                     quase uma nova
                                      competição.)

ih, ah lá o tio,
ele tá chorando.
o que é que você tem?

levou uma
bolada também?

                                           (e riam tanto
                              que era até constrangedor
                                  continuar tão triste.)

é que pipa é muito bonita,
vocês não acham?
ah, sei lá.
é que a gente mora
aqui, né?

mas você não chora
só quando tá triste,
tio?

joga mais água
aqui também, tio!
não pegou nela ainda!

dá pra chorar
de felicidade também,
sabia?

eu sei, tio,
né?

(dizia a menina,
que diferente dos outros
não parecia ter medo
de água.)

é que você não
parece feliz, não.

não?

não, não, não.
e eu sei

porque
minha mãe chorava
muito assim
que nem você.

e ela também falava
que não era nada, tio.

mas eu sabia
que era culpa
do meu pai.

ela achava
que eu não sabia,
mas eu sabia.

adulto mente
demais, tio.

tá bom já.
joga só água
aqui na bola, ó.

fica com a mangueira
que eu já estou indo.

mas ó, tio.
fica triste, não.
depois que meu pai
foi embora,
minha mãe parou
de chorar.
eu também.

como é seu nome?

aurora.
e o seu?

marcello.

capítulo quinze

dionísio foi abrir a loja
mais cedo.

na mão,
duas xícaras de café
e uma garrafa térmica
cheia até a boca.

suficientes para um dia
inteiro juntos.

dionísio perguntaria
se marcello gostaria de ficar
e almoçar com ele.

aprender um pouco da loja,
talvez colocar alguns
dos seus trabalhos à venda.

em alguns dias,
sua mãe voltaria de natal
para passar uns dias,
e a paixão lhe oferecia
a liberdade de pensar
que eles se conheceriam.

e que ela gostaria dele.
e não só:

que ela gostaria de vê-lo
assim tão perdidamente
apaixonado por outro homem.

(depois de tantos anos
de um silêncio incômodo
sobre o assunto,

quem sabe,
ele não traria uma gramática
inteiramente nova
para a relação dos três?

que horas ele chega?
será que ele não quer ficar pro jantar?
ele é uma boa pessoa.
ele te faz bem.
por que vocês não moram juntos?)

(será que ele viria
atrás de mim?

sabendo
quem eu sou?

pensou,
não disse.)

[bom diia! tudo bem?
como estão as coisas com o vô?]

[bom dia, filho.
sumiu, tudo bem aí?
daquele jeito...
parece que tá um pouco
melhor,
sem dor.]

[que bom,
não tem muito oq fazer.
você precisa descansar
quando vem pra pipa?]

[domingo, filho.
pq? tá precisando
de quê? rs]

[hahaha...
oloco, mãe!
é que quero fazer
um jantar pra vc.]

[sei...]

[mas já que vc disse,
será que consegue ver
se acha no desmonte
uns ladrilhos rosa e branco?
vou começar um projeto novo!]

[afffff
e você não vem
buscar não, né?
você sabe que essas caixas
são superpesadas.
vai fazer o quê?]

      [um jardim
      de magnólias]

[porra, dionísio?
jura?
achei que você ia
reformar a cozinha.]

      [hahaha!
      mas acho que
      vc vai gostar
      das magnólias,
      eu espero.]

[papo
de maluco.
vou lá e te aviso.]

      [te amo,
      vc sabe]

[eu vou futricar
em lixão pra você,
preciso dizer
que te amo?]

oi, tudo bem?
quanto que tá essa
caixinha de joias?

bom dia, tudo ótimo,
e com a senhora?
ó, se você quiser colocar nome,
fica vinte.
ou quinze, assim mesmo.

colocar nome?

é que geralmente
quando é presente
perguntam se a gente
pode gravar o nome
bem aqui,
perto do fecho.

e demora?

não, não.
faço agorinha mesmo
pra você.

pode ser, então.

qual o nome?

pode ser o meu mesmo,
cecília.

que nome lindo.
se você quiser esperar
um pouquinho,
só vou esquentar a caneta.

tá bem,
vou dando uma olhadinha
nas outras coisas,
adorei os pássaros.
é você quem faz tudo?

capítulo dezesseis

marcello caminhava
em direção ao ponto de ônibus
evitando a todo custo as ruas
em que possivelmente dionísio
estaria à sua procura.

e ainda assim,
a cidade parecia ter
o cheiro
o gosto
o brilho
de dionísio
por todos os cantos.

e era tão difícil manter
sua mente lúcida
e seus passos firmes,

caminhando contra
a corrente do seu desejo.

(e o que essa cidade
guardará de nós?

seria inútil pensar
que nada.

e não guarda porque quer,
se é que cidades desejam.

guarda à revelia
o que quer que deixamos cair.

cidades guardam
fragmentos de memórias,
como alguém que,
já sem saber o que fazer
com suas moedas
pouco antes de
voltar pra casa,

deixa que caiam
por descuido
e já nem percebe.

e as cidades recolhem
essas dracmas perdidas
e as protege da erosão
do tempo.

aqui,
seremos eternos.
e eternamente
felizes.
pensou,
não disse.)

assim se sentia marcello
encontrando miudezas
em paralelepípedos.

cabia apenas esperar
que dionísio também
as encontrasse,
numa descabida dança
das histórias de amor
que não puderam ser.

a última viela antes
da estação.

o ônibus já estava na baia
embarcando passageiros,
malas de muitos quilos,
pranchas
e todo tipo de quinquilharia.

marcello titubeou
apenas uma fração de segundo.

a cidade cheia de dracmas,
ele decidiu deixar mais uma.

encontrou na mochila
o presente de dionísio
e eternizou na parede

grande como o tamanho
de um coração chorando:
D + M

marcello?!
o que você tá fazendo aí?

capítulo dezessete

pego em flagrante
pichando uma declaração
de amor no muro.

oi, eu! haha, nada.
nossa, você! quanto tempo,
é...

cecília.

isso, cecília.
como você está?

eu tô bem
e você? o que é isso?
vai dizer que você
viveu de amor
em pipa?

você nem imaginaria...
foram dias ótimos.
e os seus?

sempre incríveis.

eu imagino,
infelizmente, aquele é meu ônibus.
eu já estou voltando,
falei que ia ficar pouquinho.

que pena,
eu queria saber tudo
sobre a sua visita.

uma próxima vez,
quem sabe.

ah, é?
quer dizer que vai voltar
pra visitar esse amor
de pichar muros?

quem sabe, cecília,
quem sabe...

mas vai logo, então!
que o motorista daqui a pouco
fecha a porta.

e você adora
quase perder o ônibus.

foi maravilhoso te encontrar.
obrigado pelas dicas,
mesmo.

                              (um abraço curto.
              e ela acompanhava com olhos
                  o ônibus se afastar rápido,
                     aflita se daria tempo.)

cecília, pera.
posso te pedir um favor?
entrega um bilhete por mim?

às pressas,
tira da mochila o caderno
com pipa estampada na capa.
e com a mesma caneta
de ponta grossa
escreve rápido,
mais do que bonito:

        [dionísio,
        será que é justo
        me culpar de ter aprendido
        primeiro a mentir
        do que a amar?

        no meio da minha
        própria confusão,
        tenho certeza que
        te entreguei meu
        coração.
        você também?

        marcello]

dobrou a folha rasgada
duas vezes
e terminou revelando
o destinatário:

dionísio da casa azul e branca
com flores eternas.

marcello,
quase todas as casas aqui
são brancas e azuis.

mas nem todas
tem flores eternas.

deixou a carta
e saiu correndo
muito mais atrasado
do que previu.

chegando ao seu assento,
pouco antes do motorista
arrancar o motor rumo
ao aeroporto de natal,
tudo dentro dele
continuava cantarolando
que nem chico:

futuros amantes,
quiçá, se amarão
sem saber,

com o amor
que eu um dia deixei
pra você.

capítulo dezoito

dionísio nunca
recebeu a carta,

que não demorou
muito a se perder.

ao contrário:
o ônibus não havia
nem saído da estação,
cecília apressou-se
em abrir o bilhete.

leu
e releu.

e a cada vez,
as palavras de marcello
faziam crescer dela
uma pena constrangedora.

lembrou dos homens
que ela quis amar
e deixaram a cama vazia
sem explicação
em domingos de manhã
que nem esse,

que nasceram para serem
mansos,

mas abrigaram
uma solidão profunda.

embora não tenham sido muitos,
é justo que alguém viva mais
do que uma desilusão amorosa
avassaladora nessa vida?

para ela,
marcello era culpado.

sem interesse
de conhecer a sua versão
da história,

tinha certeza
que ele não merecia
dionísio.

com certa inquietação,
amassou o papel
e guardou na sua nova
caixinha de joias.

protegida da bagunça
de sua bolsa de praia,
porém num canto
que se tornaria cada vez

mais abarrotado
de brilhantes
e pequenos anéis de prata,

as juras de amor
se transformariam em anedota
primeiro na voz de cecília.

(foi assim que o golem
deu seu primeiro suspiro
quase-horroroso
muito-assombrado
de quem nasceu.

quando cecília
decidiu proteger
as suas fragilidades
na carcaça dos
dias de amor
de marcello
e dionísio.

quando ousou
recolher as dracmas
de uma relação
que não era sua.

e até pior:
quando descrente,
julgou como é
que se pode amar,

                                        ela fez nascer
                                        um monstro.

                                        e ele existiu?)

mais tarde,
chegando na casa da sua prima,
a filha pequena repetia ansiosa
como os meninos do bairro
tinham feito menos gols
do que ela hoje de manhã.

parabéns, meu amor.
eu não tinha dúvidas
que você seria a melhor
jogadora desta cidade.

                        (o almoço cheirando tão bom,
                        fazendo um perfume sinuoso
                          entre a cozinha e a sala.

                           todas com muita fome
                             – também de afeto.)

auroraaa,
traz a sua tia pra comer,
antes que esfrie.

                        (a pequena abria o caminho
                          contando da bola no olho,
                             do gol de chinelos,
                        de como o primeiro menino

de sorriso bonito que ela conhecia
pulava mais baixo do que ela
pra cabecear o escanteio.

cecília desacelerava
seu coração de cidade grande
ouvindo a descrição confusa
do que é se descobrir
querendo gostar de alguém.)

e também teve aquele homem,
eu te falei né, mãe?

qual?
é tanta gente que você
conhece numa manhã
que eu me perco.

falei, sim, mãe.
o da mangueira de água
que falei que parecia
com você
antes do papai ir embora.

ah, sim...
que que tem ele?

como assim, aurora?
parecia sua mãe antes
do seu pai,
graças a deus,
desaparecer do mapa?

ele parecia que
também queria
que o pai dele fosse
embora.

aurora!
que coisa feia
de se falar.

mãe, mas você que disse
que é feliz agora,
não é?

(a mãe desconversaria o papo
culpando o relógio
que já batia quase a hora
de entrar na escola.

apressava a todas
a colocar fartas
garfadas na boca,

porque, no fundo,
ela não poderia negar.

seria impossível disfarçar
o alívio que é ver seu corpo
perdendo cada vez mais longe
a sensação dos dedos
apertando suas quinas.)

e eu que também reencontrei
um amigo hoje?

amigo, não... conhecido.
aquele marcello que eu te falei,
que veio no ônibus comigo?

que não sabia nadinha
de pipa, coitado.

sozinho.
quem é que viaja
pra praia sozinho?

e que tem ele?
come salada, minha filha,
eu tô vendo você enrolar.
você tinha o contato dele?

que nada!
a coisa mais estranha.
encontrei com ele perto
da estação do ônibus
lá em cima, sabe?
quase voltando pra casa
da minha caminhada.

e ele simplesmente
estava pichando um coração
numa parede.

um coração?!
aurora, come!

fui falar com ele
e também foi a coisa mais esquisita.

disse que tinha
se apaixonado aqui em pipa,
aquele papinho.

(enquanto aurora
comia a contragosto
salada de tomate,
cecília também alimentava
seu próprio monstro.)

como assim, cecília?

ah, esse papinho de que
gostava muito,
mas que também não podia
ficar mais.

que foi bom enquanto durou.

me deixou um bilhete
pra entregar pro cara.

vê se pode?
não teve dignidade
de mandar uma mensagem.

terminou, aurora?
você não sabe,
às vezes, eles não trocaram
contato.

até parece?
e essa altura do mundo,
você acha que eles não
trocaram telefone?

não mandou
porque não quis.

você sabe, cecília?

sei, sim.
homens são todos
iguais.

você acha?
nem sei onde deixei
a tal da carta,
mas falava alguma coisa

de me desculpa por mentir
e arrancar seu coração,
mas eu te amei também.

você acha?

que história, cecília.
duvido que foi isso.
vai, aurora,
você ainda tem que
pentear esse cabelo
e escovar os dentes.

enfim,
eu que não vou atrás
de dionísio nenhum.

(iria atrás, sim.
mas não dele.

da casa azul e branca
de flores eternas.

iria atrás do outro lado
da história nos poucos dias
que ainda ficaria por ali.

com uma curiosa empatia
de que dionísio
talvez estivesse sofrendo
como ela sofreu.

seria muito mais fácil
de perdoar o seu desafeto
se já não fosse contra si,
mas sim um comportamento
genérico de todos
os homens
que tentam amar
outros corpos,
inclusive corpos
de outros homens.)

até tarde, tia cecília.

capítulo dezenove

depois que o sol baixou um pouco,
cecília decidiu procurar a casa.

talvez não fosse,
se aurora não a tivesse lembrado
do homem por trás da carta.

foi sentada à mesa,
com as palavras mastigadas
na boca,

que percebeu o sabor
da possibilidade de consolar
alguém.

ela também seria
um pouco a vítima,
que nem dionísio.

com sorte,
seria a única a saber
os dois lados da história,
que também viraria
sua anedota favorita.

pelas ruas,
que julgava saber de cor,
procurava a materialização
perfeita do que era
uma casa
azul
e branca
com flores
eternas.

batia em portões,
esperava que saíssem.
perguntava se algum dionísio
morava ali.

ou até
se conheciam algum
dionísio.

ou até
se conheciam alguma
casa
azul
e branca
com flores
eternas.

perguntas paras as quais
as respostas eram sempre
mais confusas do que
esclarecedoras.

sem muito sucesso,
cecília também espalhava
por olhares surpresos,
portões semiabertos
e pseudonovas amizades,

a revolta pela pichação,
a surpresa pela carta
e a controvérsia da fuga.

passou dias refazendo rotas
e conversando com gente.

e cada vez que a história
era contada
despretensiosamente
aumentava sempre
um pouco.

todos se divertindo
muito com a construção
da lenda.

o coração no muro
cada vez mais procurado.

contavam ali mesmo
ao pé da estação
uma versão já distorcida
da história.

por saber que aurora
também não pararia
até encontrar o homem,

sugeriu que perguntasse
na escola,
se nenhuma das professoras
conhecia algum dionísio
ou talvez algum marcello.

e o desenho no muro
ficava cada vez maior
a ponto de sua materialidade
se tornar frustrante.

(e verdadeiramente
já não importava.
a lenda precisava que
o coração fosse
desproporcionalmente
grande.

por isso, era.

a lenda precisava
que marcello fosse
inescrupuloso.
por isso, era.

                                        a lenda precisava
                                        que a cidade fosse
                                        labiríntica.
                                        por isso, era.

                                        porque as lendas
                                        precisam salvar o povo
                                        da monotonia
                                        da casualidade dos dias.)

enquanto isso,
dionísio procurava marcello
em especulações
e pequenas dracmas
de memórias.

sempre com o coração
levemente acelerado
ao dobrar esquinas
pela possibilidade
de encontrá-lo.

dionísio preparava a casa
para receber sua mãe,
que chegaria com caixas
cheias de ladrilhos e retalhos
pra criar um jardim
de magnólias

e já não sabia
se caberia pedir colo
pra colar um coração
partido.

(talvez resina
fosse suficiente
para os cacos.)

sua mãe chegaria
no mesmo dia em que
cecília foi embora de pipa,
sem encontrar desfecho.

deixou entretanto viva
uma dúvida
que se perpetuou ecoando.

até uma tarde em que diriam,
que já não era um homem
se não um monstro mesmo.

(e talvez seja mais ordinário
do que prudente
que homens comuns
virem monstros
em narrativas populares.)

muitos afirmariam categóricos
que tinham visto a cara do monstro
e que, de fato, se alimentava
de amores arrancados.

alguns até diriam,
descrentes de sua própria narrativa
com o amor,
que tinham se apaixonado por ele.

e assim como cecília,
encontrariam na anedota
uma desculpa possível
para o desafeto.

                              (a história já era muito
                     maior do que seus dois corpos
                                navegando dentro
                  um do outro em um mar imenso,
                  que também já não era de pipa.)

a carta jamais chegou
até dionísio.

mas a lenda,
sim.

capítulo vinte

finalmente,
a história chegaria
até a fogueira.

alguém perguntaria
ao próprio dionísio,
se não era ele o tal que passeava
de boca em boca
pelas ruas de pipa.

cheio de amargura,
sem entender ao certo
porque marcello
o transformaria
desrespeitosamente
em anedota,

diria que alguém
que ele pouco amou
metera seu nome
nessa história
para revidar a má sorte.

                    (como se alguém que conhece
                          dionísio fosse capaz
                    de acreditar que o monstro,
                          na verdade, era ele.)

dionísio diria tudo isso
tentando apagar a imagem
do outro homem
que já nem teria nome.

antes do fogo acabar
e a história possivelmente
morrer na convicção
de que o próprio dono da lenda
desmentiu sua veracidade,

dionísio fingiria
uma casual lembrança.

deixaria escapar
uma sombra de coragem
de seus lábios:

na verdade,
eu não queria falar nada,
pra não assustar vocês,
mas é verdade
o monstro arrancou
meu coração.

a noite já iria alta,
e ninguém estaria
mais preocupado
em falar a verdade

numa risada uníssona
que percorria a todos.

dionísio entregou
a confirmação
que precisavam.

eu sabia!
alguém gritaria
e riria.

conta mais,
dionísio.

mostra aí
a cicatriz, então!

eu sabia que isso
era coisa tua
pra vender mais
das suas artes.

dionísio,
você é um gênio!

e ele parecia tomar gosto
por desmoralizar o monstro
como sua única possível
revanche.

entre labaredas,
atentos assistiam à sua teatralidade
ao imitar como o golem andaria.

ele não sairia dessa história
como quem perdeu o amor
e ficou à espera.

(dionísio,
pela última vez,
brincaria de deus.

e como gostava
de dar vida
com ira.)

dionísio daria mais detalhes
sobre o monstro
e como se espreitava
em vielas procurando
corações para arrancar.

falaria muito sobre
os seus olhos lindos-tristes
e seu sorriso desértico.

todos achariam muito gracioso
ter em pipa a sua própria lenda
pra perambular imaginariamente
por calçadas.

dionísio terminaria
seu espetáculo
sentindo a desconfortável angústia
da vingança

todo o caminho
de volta a casa.

antes do sol nascer,
muito ódio e inspiração
daria vida a um jardim
eterno de magnólias.

(e quando o jardim da vida
resseca e morre,
o que é que
se pode nascer?
pensou,
não disse.)

não tardou a se transformar
no dionísio do monstro de pipa.

na loja,
faziam comentários
graciosos sobre a situação.

perguntavam entre dentes
se era ele mesmo.

e a procura pelos artesanatos
crescia na mesma proporção
que a história se espalhava.

dionísio sentia-se
estranhamento satisfeito
em perceber que assim
floresceria marcello
dentro de si,
a despeito de tudo.

(pensava que merecia,
mas não somente.

pensava também
que talvez a história
poderia atravessar
as nuvens,
fugir de pipa,
chegar em são paulo.

quem sabe:
chegar em marcello.

fazê-lo voltar
com raiva,
mas voltar.

que, eventualmente,
era o que importava.)

pintou, por fim,
marcello.

perto da porta amarela,
onde aprendeu tudo
que sabia
e fez construir também
a si mesmo,

mas não pintou
como a lenda clamava
que fosse.

pintou como seus olhos
capturaram em passeios
pelas dunas de seu corpo.

permitiu que marcello
existisse
eternamente em pipa.

(que é pra ver se você volta.
que é pra ver se você vem.
que é pra ver se você olha
pra mim.

tocava calcanhotto aos berros
enquanto pintava paredes
dando honra à memória
de seu estranho amor.)

foi sua mãe quem sugeriu
criar uma coleção inteira
de souvenirs de pipa
inspirada na história.

fizeram cartões,
pequenos cordéis,
poesias.

pequenos mosaicos,
ímãs de geladeira.

certas obscenidades
para quem preferiria
fazer piada com a situação.

(ela, que também amara
a memória de um homem,
sabia que dionísio
já não sentia nada por
marcello.

se não
uma nostalgia.

e a nostalgia
é amar a si próprio
num tempo impossível.

ela era uma boa mãe,
apesar de tudo.

e boas mães reconhecem
a felicidade de seus filhos
nessa pedra mais bruta de si mesmo,
quando ainda são mais minério
do que preciosidade.)

foi quando saiu na televisão regional,
que os potiguaras se puseram
a visitar seus muros,
suas casas
e sua história
com desejo de se fotografar
de frente para essa solidão.

absorto na própria mentira,
dionísio faria uma petição formal
para tombar sua rua
como patrimônio
da cidade.

alguém chegaria a cunhar
que aquele pedaço de chão
era místico

para quem precisava esquecer
um amor pra sempre.

(e a sina de dionísio
era lembrar de um amor
para sempre.)

dionísio se tornaria o artista
mais importante da cidade,
à espera de que marcello
descobrisse que ele sofreu.

na tentativa esdrúxula
de encontrar respostas.

sua arte vagando livre
e indiscriminadamente
por todos os cantos,

e nem assim
marcello voltaria.

na confusão de sua cidade
de concreto e gemido de carro,
os amores morrem antes
de virar folclore.

dionísio escreveria no muro
da sua casa,
no dia em que deixassem
que sua rua tivesse
nome de homem,
tão grande quanto
suas mãos alcançassem:
por que tão misterioso?

foi assim que nasceu
a lenda de pipa:

onde eternizou
marcello.

onde viveu
dionísio.

onde os amores impossíveis
puderam ser.

(ainda que de viés.)

do que resta

por que tão misterioso?
pensa,
não diz.

enquanto chora
minúsculo
– o homem e o pranto –
olhando pipa lá embaixo
indo embora do esquadro
da janela do avião.

foi assim que
apagou a única foto
que tiraram
no breu da rua
que ganharia seu
covarde não nome.

stefano manzolli nasceu na holanda, cresceu no brasil e já morou em paris, barcelona, londres e em seus livros. formou-se em letras (unicamp) e também estudou semiótica (sorbonne), branding (elisava) e marketing (usp) – por anseio, vocação e curiosidade. além de *todas as mentiras que contei*, publicou *falei na terapia sobre você*, *tratado sobre o fim do amor* e outros títulos que passeiam entre a poesia, a prosa e o silêncio. escrever é seu jeito mais honesto de atravessar o mundo. mais em @smanzolli e www.smanzolli.com.br.

agradecimentos

obrigado,

quem chegou aqui, por acolher estas mentiras
com olhos ávidos e bendizer esta confissão.

eri, por ser pipa – o meu possível lugar de pouso.
e por construirmos algo no durante, que será
sempre uma versão inacabada do próximo sonho.

mãe, por ter me abraçado *naquela* noite num
colo que poderia ser infinito; e por diligentemente
ter feito o mesmo em todas as outras noites.

pai, pela inquietude, a paixão visceral pela arte
e por jamais ter me olhado como se eu não pudesse
algo, inclusive amar.

nato, por ter me levado pra ver o mundo e,
de certa maneira, nunca termos voltado de lá.

cidinha, por ter me ensinado que viver é florescer
folclores entre o entendimento, o silêncio e a fé.

virgginia, por ter lido todos os meus rascunhos
nos últimos quinze anos, inclusive aqueles que
escrevi vivendo.

rafaele, por ter me dado, primeiro, o caco dessa
história muito antes de ser letra, mosaico e coragem.

julia lopes, por ter me escrito numa sexta-feira
e feito, de um sonho, esta possibilidade.

rafaella machado, por ter acolhido este livro com
generosidade e soprado nele um fôlego de vida.

stella carneiro, toda a galera record e casa rex,
por terem feito do barro da palavra este golem.

marcello, por ter sido o revelado e possível
mistério de muitos. inclusive, um antigo eu.

dionísio, por continuar dançando bethânia com
uma certa revolta e esperança. quiçá,
mais esperança.

d–us, por tudo, portanto.

Este livro foi composto com as famílias tipográficas Utopia e
Emilio, e impresso no papel polén 70 g/m² na gráfica Plena Print.